힘들 땐 참치 마요

016 **삼각김밥**

힘들 땐 참치 마요
봉달호

;

대한민국엔 '3대 마요'가 있습니다.

참치마요,

치킨마요,

그리고… 힘들 땐 참지 마요.

삼각김밥을 먹다가 포장지에 적힌 '참치마요'를 보고 눈물이 터졌다는 글을 본 적이 있습니다. '참치마요'를 '참지 마요'로 잘못 읽은 거겠지요. 몇몇은 그렇게 읽힐 수도 있겠다며 웃었지만, 저는 왠지 마음이 아렸습니다. 꾹꾹 참아온 눈물이 슬픈 오독을 만들어낸 것 같았거든요. 지금도 어디에선가 설움을 삼키며 눈물 젖은 밥을 먹고 있을 당신에게, 조그만 삼각김밥의 이야기를 들려드리고자 합니다.

작가의 말처럼 편의점의 하루는 손님의 일상과 같이 호흡합니다. 동틀 무렵에는 야간 근무자와 오전 근무자의 교대가 이루어집니다. 탑차에 실려 도착한 삼각김밥은 서늘한 냉장 진열대에 각 맞춰 진열되고요. 어떤 삼각김밥은 진열되자마자 편의점을 벗어나기도 합니다. 그렇게 정신없이 점심시간이 되고, 간단히 끼니를 해결하려는 이들의 손에 잡힌 삼각김밥은 배턴터치를 하며 전자레인지에 들어갑니다.

점심시간이 끝나고 한숨 돌릴 즈음, 일을 마친 이와 늦은 밤까지 씨름해야 하는 이들이 모입니다. 남아 있던 삼각김밥들도 하나둘 진열대를 떠나고, 결국 유통기한이 지난 삼각김밥은 '폐기 상품'이 되어버리고 맙니다. 이렇게 보니 한 대상으로부터 관심을 갈구하는 삼각김밥의 일상은 누군가의 사랑을 받기 위해 애쓰는 우리의 마음과 닮아 보입니다.

그치만 안쓰러운 눈으로 보지 마세요! 이 책의 주인공 삼각김밥은 '편의점' 하면 역시 '삼각김밥'이라는 사명감과 자부심으로 오늘도 꼿꼿하게 서 있답니다. 울적한 마음이 드는 날엔 홀로 불 켜진 편의점에 들러보아요. 수다스러운 삼각김밥은 당신이 찾아오길 기다리고 있을 거예요. 삼각김밥의 유통기한은 길지 않습니다. 단 30시간. 30시간 안에 그를 찾아주세요.

이 책을 다 읽고 나면 더 이상 예전의 눈으로 삼각김밥을 볼 수 없을 겁니다. 진열대에 서 있는 삼각김밥을 마주하게 된다면 응원 한가득 건네주시길요.

'폐기되지 말고 잘 나가라!'

그리고 힘들 땐 참지 말고, 간단하게 배부터 채워보는 건 어떨까요. 일단 배가 든든해야 눈물도 힘껏 쏟아낼 수 있으니까요. 어떤 일이든 실컷 울고 훌훌 털어낼 수 있길 바랍니다.

Editor 정예슬

차례 ————

나는 삼각김밥이로소이다

뮤지션, 영화배우, 감독, 작가로서 요조는 자신의 다양한 직업 세계를 이렇게 다감한 표현으로 정의했다. "실패를 사랑하는 직업." 요조 작가의 책을 읽으며 이런 생각을 했더랬다. 그럼 내 직업은 뭐지?

편의점 점주로서 나의 직업은 '폐기를 먹고 사는 직업'이다.

오늘도 편의점에는 유통기한 지나 버려야 하는 상품들이 쏟아진다. 도시락, 삼각김밥, 샌드위치, 햄버거, 우유, 컵라면…. 어릴 적 할머니는 "먹는 거 버리면 벌 받는다." 말씀하셨는데, 나는 가게에 나가자마자 오늘 버릴 상품을 솎아내는 일로 하루를 시작하고, 그 가운데 먹을 만한 녀석들을 골라 집에 가져가는 일로 하루를 마친다. 어떤 날은 하루 세끼를 폐기 음식으로 때우기도 한다. 매일매일 벌 받는 직업인가 보다.

현실이 이렇긴 하지만, 막상 말하고 보니 좀 슬프군요.

그래서 삼각김밥을 주제로 이야기를 풀어보려니 좀 망설여지는 구석이 있었다. 내가 사랑하는 대상을 지극히 아끼는 애틋한 마음으로 소개해야 할 텐데, "삼각김밥아, 너를 사랑한다." 말하려니 쉬이 입이 떨어지지 않는다. 마음에 없는 거짓말을 하는 기분이랄까. 손님 입장에서야 맛있게 먹는 별식이고 때때로 먹는 특식이지만, 장사꾼 입장에서는 애증이 담긴 상품이다. 안 팔리면 버려야 한다. 매일 먹어도 즐거워 먹는 것이 아니다. 괜히 우울한 이야기만 잔뜩 늘어놓는 것은 아닐까 걱정이 많았다. 그래서 그만둘까 하다가 생각을 뒤집어보았다.

내가 삼각김밥을 소개하는 것이 아니라 삼각김밥이 자기 자신을 소개하는 방식은 어떨까? 편의점을 운영한 지도 어언 10년. 그동안 나는 삼각김밥을 수만 개나 팔아왔지만 한 번도 삼각김밥의 처지가 되어 생각해보지는 않았다. 버리는 아쉬움은 한탄하면서도 버림받는 슬픔은 가늠하지 않았고, 파는 입장은 줄곧 내세웠으나 팔리는 심경은 헤아리지 않았다. 삼각김밥은 자신의 처지를 어떻게 받아들이고 있을까? 진열대에 앉아 인간 세상을 바라보며 무슨 생각을 할까? 삼각김밥의 장래희망(?)은 무엇일까?

"삼각김밥아. 내가 너를 사랑하는지는 잘 모르 겠는데, 너는 나를 사랑하는 거니?"

'편의점' 하면 떠오르는 음식은 단연 삼각김밥. 간판은 편의점인데 삼각김밥을 팔지 않으면 도대체 편의점 같지 않고, 삼각김밥이 있을 만한 장소가 아 닌데 삼각김밥이 있으면 '여기가 편의점인가?' 둘러 보게 된다. '그곳'에 꼭 있어야만 하는 '그것'의 대명 사, 삼각김밥. 그래서 편의점 점주에게 삼각김밥은 나를 나답게 만들어주는 존재이기도 하다. 편의점 매출 가운데 삼각김밥이 가장 높은 비율을 차지하는 것은 아니지만, 그것이 없으면 편의점이 아니니까. 편의점이 없으면 내가 성립하지 않으니까.

나는 편의점 인간이다. 편의점은 삼각김밥이다. 고로, 나는 '삼각김밥 인간'이다. 묘한 삼단논법이 만 들어진다.

편의점 점주로서, 삼각김밥 인간으로서, 혹은 작가로서, 삼각김밥 속으로 잠시 들어가보기로 했다. 내가 삼각김밥이 되기로 했다. '대체 무슨 잠꼬대 같은 소리지?' 하는 속마음이 여기까지 전해진다. 그러니까 지금부터 당신은 사상 최초 '전지적 삼각김밥 시점 에세이'의 페이지 속으로 들어가는 것입니다. 세상에 '나는 고양이로소이다'는 들어봤어도 '나는 삼각김밥이로소이다'는 처음 봤지요?

삼각김밥이 어떻게 말을 하냐고요? 삼각김밥이 어떻게 자기 생각을 갖냐고요? 삼각김밥이 어떻게 손발을 움직일 수 있냐고요? 묻지 마세요. 나도 몰라요. 고양이도 말을 하는데, 삼각김밥이라고 못할 것 있나요? 일단 이런 우격다짐으로 시작합니다.

수리수리 마수리 삼각수리 뿅.

나는 삼각김밥이 되었다. 아, 아, 아. 당신은 지금 삼각김밥의 목소리를 듣고 있는 겁니다. 그대가 오늘 점심시간에도 전자레인지에 빙글빙글 20초 돌려 포장지를 양쪽으로 뜯었을 나.

나는 삼각김밥이로소이다.

잘생긴 걸 어떡해

"나는 왜 삼각인가?"

존재론적 의문 속에 살아간다. 먼 옛날 그리스의 가난한 철학자도 평생 그것을 고민하다 세상을 떠났다고 하지. 너 자신을 알라. 동그라미도 있고 사각형도 있는데, 오각-칠각-팔각-십육각, 각은 많은데, 나는 왜 삼각일까?

TMI지만 알아둘 사실이 있다. 편의점 점주들이 장사를 위해 상품을 주문하는 그들만의 인터넷 사이트가 있다. 거기에 '삼각김밥'이라는 독립 카테고리는 없다. '주먹밥'이라는 분류 아래 '삼각김밥' 카테고리가 있다. 그렇다. 나는 본시 주먹밥이다. 주먹밥인데 세모나게 생겨 삼각김밥이라 부른다.

이어지는 TMI. '주먹밥' 카테고리는 '삼각김밥'과 '둥근 주먹밥'으로 나뉜다. 둥근 주먹밥은 모양 없이 너부데데하다. 지금 내가 소속된 편의점 브랜드에는 둥근 주먹밥 상품 종류가 하나뿐이다. '너비아니전주비빔'이라는 녀석. 둥근 주먹밥은 가끔 서너 종류가 함께 출시되기도 하는데, 대체로 인기가 없어 금방 사라진다. 나타났다 사라지고, 사라졌다 나타나기를 반복하다 지금은 결국 한 종류만 남았다. 언제 다른 녀석이 등장할지 모르지만 그도 머잖아 사라질 것이다.

또 하나 쓸모없는 TMI. 아니, 이 정보는 쓸모 있을지도 모르겠다. 편의점 발주 사이트에 등록된 삼각김밥 종류는 스무 가지가 넘는다.

20종:1종＝삼각김밥:둥근 주먹밥

이렇듯 삼각김밥의 종류가 압도적으로 많은데 따로 분류하지 않고 주먹밥 카테고리 하단에 둥근 주먹밥과 삼각김밥을 나란히 종속해놓았다. 세상에 이런 역차별이! 그럼에도 나는 이 문제를 거론한 적 없다. 왜 이런 이야기를 하는 것이냐. 무엇보다 삼각김밥의 너른 마음 씀씀이를 알아주시라는 뜻이다. 우리는 굳이 독립을 고집하지 않는다. 불균형을 시정하라고 항변하지도 않는다. 그러니 앞으로 편의점 주먹밥을 통칭해 그냥 삼각김밥이라 부르더라도 '소수 주먹밥을 무시하는 처사'라거나 '다수 삼각김밥의 횡포'라는 비난은 부디 삼가 주시라. 내가 이토록 압도적인 걸 어쩌란 말입니까. 물론 소수 주먹밥에 대한 애틋한 마음은 늘 잃지 않으려 노력합니다. 나는 제법 겸손히 살고 있다.

유명인(아니 유명 주먹밥)으로 살아가는 인생(아니 밥생), 참으로 번거롭구나. 괜히 잘생겨가지고.

* * *

나는 왜 삼각형일까? 일단 그 이유는 미안하게도 둥근 주먹밥이 인기 없는 이유에서 찾아야 한다. 우리 편의점 점주 봉달호 씨는 편의점 발주 사이트에 둥근 주먹밥이 분명 서너 종류 있을 때에도 꼭 삼각김밥만 주문했다. 이유는 간단하다. 우리가 삼차원 세계에 살고 있기 때문이다. 뉴턴의 운동법칙이 작용하는 행성, 지구에 살고 있기 때문이다. 무슨 말이냐고?

삼각형은 밑변이 있어 우뚝 서 있을 수 있다. 삼각형을 △ 이렇게 그리지 굳이 ▽ 이렇게 그리는 사람은 많지 않다. 하지만 둥근 주먹밥은 둥글둥글 잘 굴러다닌다. 관성과 중력, 질량과 가속도, 작용과 반작용 원리에 따라 몸을 이리저리 쉽게 움직인다. 하지만 편의점 주먹밥은 데굴데굴 굴러가기 위해 태어난 것이 아니지 않은가. 한낱 쓸모없다, 구르는 그

능력.

　따라서 편의점에 둥근 주먹밥을 들이려면 점주 입장에서는 별도의 받침대를 구입해야 한다. 혹은 눕혀 진열해야 하는데, 상품을 눕히는 방식은 볼품 없다. 편의점의 모든 상품은 꼿꼿하게 세워 진열하는 것이 기본이다. 얼굴을 드러내 보여준다는 뜻에서 '페이스업'이라 부른다지. 눕혀서 진열하면 선반이 높은 곳에 있는 상품은 손님들 눈에 잘 띄지 않는다. 그래서 둥근 주먹밥 녀석들은 보이지 않아 안 팔리는 경우가 많았다. 팔리지 않으니 주문량은 줄었고, 자연히 도태되었다. 적자생존의 법칙이 냉정히 지배하는 장소가 편의점이다. 수요공급의 법칙에도 얌전히 따른다.

　똑같은 밥알을 뭉쳐 만들었기 때문에 사실 모양이 둥글든 삼각형이든 맛은 다르지는 않다. 다만 모양이 달라 운명이 달라졌다. 우리 주변엔 이런 일이 흔하다. 생존의 법칙에서 살아남아 나는 오늘의 삼각이 되었다. 태생이 잘생긴 걸 어쩌란 말인가.

　이토록 삼각 자부심이 넘치는 나는 세상에 뾰족

한 불만을 갖는다. 성격이 원만하고 너그러운 사람을 보통 '둥글둥글하다'고 칭찬한다. 강강술래도 둥글둥글 돌아가고, "둥글게 둥글게!"를 외치면서 화합을 강조한다. 동그라미를 화해와 통합, 대동의 상징으로 여긴다. 심지어 동그라미를 표상으로 삼는 종교마저 있다. 그런데 왜, 어찌하여, 세모는 존중하지 않는가. 삼각은 왜 교통표지판의 '위험' 표식 같은 곳에서나 활용되는 것이며, '삼각관계' 같은 부정적 의미의 용어에서나 얽히는 것인가! 더구나 네모는 불쌍하다며 〈네모의 꿈〉이라는 노래까지 만들어 위로하는데, 〈세모의 꿈〉을 만들어준 작곡가는 아직 세상에 없다.

휴, 삼각 팔자가 이런 걸 어찌하리. 오늘도 나는 내 모양이 존중받을 수 있는 곳은 오직 편의점 하나뿐이라며, 편의점에서는 내가 대장이라며, 세모의 지극한 자부심을 갖는다.

삼각 만세! 편의점 만세!

김 따로 밥 따로

모양 이야기가 나왔으니 말인데, 삼각형은 분명 '듬직한' 도형이다. 꼭짓점 하나가 사라져도 나머지 두 개의 꼭짓점으로 버티고 서 있다. 사각이 되어 여전히 균형을 유지한다. 삼각김밥은 한 입 베어 물어도 테이블 위에 세워놓을 수 있다. 바닥에 닿지 않으려면 계속 들고 먹어야만 하는, 그런 시시하고 불안정한 주먹밥이 나는 아니라는 말이다. (이런, 본의 아니게 또 둥근 주먹밥을 디스했네!)

삼각김밥은 꼭짓점 하나를 먹고 다른 꼭짓점으로 공략 지점을 옮기거나, 혹은 옆면을 살짝 베어 물면서 제법 안정적으로 전체를 먹을 수 있다. 마지막 꼭짓점 하나를 입안에 쏘옥 밀어넣으면 밥알 하나 흘리지 않는다. 이토록 완벽하게 준비된 도형이 어딨단 말인가. 삼각은 면을 이루기 위한 최소한의 각이고, 그래서 가장 깔끔한 각이며, 모든 것이 될 수 있는 각이다. 그러니 '나는 왜 이 모양 이 꼴로 태어났을까.' 한탄하는 인간들이여. 삼각김밥 하나에도 이토록 속이 꽉 찬 이유가 존재하거늘, 당신의 모양과 능력에도 다 쓰임이 있음을 알아두시라.

몸매 자랑은 이쯤 하고, '옷' 이야기합시다. 나는 비닐로 밀착 포장되어 있다. 그런데 삼각김밥이 편의점에 처음 등장했을 때부터 오늘과 같은 옷을 입었던 것은 아니다. 초기에는 과자처럼 약간 후줄근한 비닐 포장지 안에 들어 있었다. 펑퍼짐한 오버사이즈 옷을 입었다고나 할까. 편의점 회사마다 포장 방식도 달랐다.

사실 '삼각기둥'을 포장하는 일이란 꽤 골치 아픈 숙제다. 육면체를 포장하라고 하면 다들 익숙하게 포장한다. 선물 상자를 포장하는 것처럼 각 잡아 둘러맬 수 있겠지. 그런데 삼각기둥을 건네주며 포장하라 하시면… 좀 어리둥절하겠죠. 어떡하나. 삼각이 넘어야 할 산입니다. 편의점 업체에서 둥근 주먹밥을 많이 개발하지 않는 이유도 역시 포장 탓이 크다. 접시처럼 둥그렇고 넓적한 물체를 말끔하게 포장하는 일이란 세모를 포장하는 것만큼 까다롭다. 그렇다고 주먹밥을 헐거운 포장지 안에 넣으면 금세 밥알이 흩어진다. 삼각이든 사각이든 원형이든 모양과 형태를 단단하게 잡아줄 특별한 포장 방법이 절실하다. 레깅스를 입은 것처럼 착 달라붙도록 포장하는 방법 어디 없을까?

삼각김밥의 탄생부터 살펴보자. 편의점에 '상업용' 삼각김밥이 처음 등장한 것은 1970년대 일본. 편의점은 원래 미국에서 유래했으니 초창기 일본 편의점에는 미국식 패스트푸드를 많이 팔았다. 햄버거, 샌드위치, 핫도그, 소시지, 그런 애들 말입니다. 꽤 느끼했겠죠. "동양인 입맛에 맞는 간편식, 어디 없을까?" 누구나 그 음식을 알고 있어야 하고, 특별한 조리 과정 없이 바로 먹을 수 있어야 하며, 가격 또한 저렴해야 한다. 일본 편의점 관계자들이 회의에 회의를 거듭하다 등장한 아이디어가 바로 삼각김밥, 일본어로는 '오니기리'였다.

"편의점에서 오니기리를 판다고? 별 웃기는 녀석을 다 보겠네!" 처음에 누군가 제안했을 때 이렇게 구박을 받았다지. 그도 그럴 것이, 당시 일본에서 오니기리는 소풍 갈 때 먹는, 엄마가 손수 만들어주시는, 그러니까 돈을 주고 사고파는 성격의 식품이 아니었기 때문이다. 하지만 세월이 지나 지금 삼각김밥은 편의점의 상징처럼 되었다. 삼각김밥이 없으면 편의점이 편의점인 것 같지도 않은 압도적 존재가 되었다. 그러니 오늘도 지구별 어딘가에서 "별 웃기는 놈을 다 보겠네."라고 비웃음을 받고 있는 당신이여, 기죽지 마시라. 언젠가 당신이 가진 아이디어의 가치를 인정받을 세상이 찾아올 것이다.

"편의점에서 오니기리를 팔아보는 게 어떨까요?"라고 가장 먼저 제안했던 그 '웃기는 녀석' 말이다. 나중에 편의점 기업의 사장이 되었다. 일본 세븐일레븐. 그가 사장이 되고 나서 일본 세븐일레븐은 가파른 성장을 거듭하다 급기야 미국 본사까지 인수해버렸다. '웃기는 녀석'은 세계적 그룹의 총수가 되었다. 세상일, 사람 일, 김밥 일, 이거 아무도 모르는 거다.

아, 참. 세상에 숱한 성공 신화(神話)는 신'화(化)'로 만들어지는 경향이 있으니, 이 일화도 약간 과장되었을 가능성을 감안하시길.

* * *

처음부터 삼각김밥은 '옷'이 문제였다. 상품으로 판매하기 위해서는 포장을 해야 하는데, 모양 때문에 포장하기 어려웠던 것이다. 그런데 포장에 있어 핵심 문제는 사실 삼각형이냐, 동그라미냐, 사각형이냐 하는 모양에 있지 않았다. 가장 중요한 문제는 '김이 눅눅해진다'는 데 있었다. 무슨 말이냐고요? 삼각김밥은 일반적으로 김이 밥을 감싸는 구조로 되어 있다. 그러니 공장에서 생산해 포장하고, 이동하고, 진열하고, 판매하는 동안 밥알에서 수분이 빠져나와 시간이 지날수록 김이 눅눅해진다. 이 문제를 어떻게 해결해야 할까?

사실 지금 편의점에서 판매하는 삼각김밥은 김이 밥을 직접 감싸는 구조로 되어 있지 않다. 김 따로 밥 따로 나뉘어 있다. 김은 '시트지'라고 부르는 비닐 포장지 안에 들어 있다가, 포장을 뜯는 과정과 동시에 김이 밥을 감싸게 된다.

무슨 말인지 몰라 헤매는 분들이 많을 텐데, 지금 당장 동네 편의점으로 달려가세요. 그리고 삼각김밥 하나를 구입하셔야 합니다. 삼각김밥을 옆에 두고 다시 독서를 이어가시길.

자, 삼각김밥을 한 손에 들고 계신가요?

모르는 분이 많을 테지만, 특별히 이것을 의식하지 않고 드셨던 분이 많을 테지만, 편의점에서 판매하는 삼각김밥은 김과 밥이 붙어 있지 않다. 무슨 말인지 모르겠다면 삼각김밥을 일단 뜯어보시라. 단, 원래 뜯는 방식으로 뜯지 말고, 그러니까 가운데에 있는 절취선을 따라 비닐을 찢는 방식을 택하지 말고, 비닐만 따로 분리한다는 생각으로 통째로 벗겨보시라. '어? 김이 여기 들어 있네?' 싶을 것이다. 밥 덩어리는 따로 있고, 김은 별도의 시트지 안에 보호받듯 들어 있다. "오오오!" 하는 탄성이 여기까지 들린다. "나는 이미 알고 있었는데?" 하면서 코웃음을 치는 소리도 함께 들린다.

'그런데 그동안은 어떻게 김이 밥을 감싼 삼각김밥을 먹었던 거지?' 싶을 것이다. 그것이 특별한 기술이다. 포장지를 절취선 따라 뜯는 과정에서 김과 밥이 슬그머니 결합하는 구조로 되어 있다. 포장을 뜯기 전까지 김과 밥은 비닐 장벽에 막혀 있어 김이 눅눅해지지 않는 것이다.

이래도 무슨 말인지 모르겠다고요? 에이, 삼각김밥을 하나 사 오시라니까 그러네. 비교 검토하려면 두 개 구입하세요. 그래도 도무지 무슨 말인지 모르겠다면, 혹은 삼각김밥을 사러 나갈 상황이 아니라면, 유튜브에서 '삼각김밥 포장 뜯는 법'을 검색해 감상하시길. 현대인의 생활 도우미, 일타강사, 유—튜—브.

삼각김밥 포장지, 이거 기막힌 발명이다. 삼각김밥인 나로서는 세기적인 발명품이라 자랑할 만하다. 어떻게 이렇게 신통방통한 생각을 했는지!

옛날 옛적 일본에 가난한 발명가가 있었다고 합니다. 집에 쌀도 떨어지고 전기도 끊겨, 아이들이 추위와 배고픔에 우는 와중에도 발명가는 발명에 대한 의지를 굽히지 않았습니다… 이런 배경이 곁들여지면 더욱 그럴싸하겠지요. 그러던 어느 날, 발명가는 가족과 공원에 놀러 갔습니다. 발명가가 편의점에서 삼각김밥을 사 먹자고 하니 어린 딸이 투정을 부렸다고 하네요. "삼각김밥은 눅눅해서 싫어! 아빠 미워!" 그때 발명가의 뇌리에 불현듯 스치는 생각이 있었습니다. 삼각김밥의 김을 바삭바삭하게 보존할 방법은 없는 걸까? 그래서 사랑하는 딸을 위해, 삼각김밥을 눅눅한 어둠의 세상으로부터 구원하기 위해, 연구에 연구를 거듭하다 완성된 것이 지금의 삼각김밥 포장지라고 합니다.

이것은 일종의 '발상의 전환'이다. 이런 방식이 개발되기 전에는 "어떻게 해야 삼각김밥의 김이 눅눅해지지 않을까요?"라는 부장님 주재 아이디어 회의에서 "더욱 두꺼운 김을 찾아보겠습니다." "밥의 수분을 완전히 제거하고 만드는 것은 어떨까요?" "편의점 근무자가 즉석에서 삼각김밥을 만들어주는 것이 좋겠습니다. 근무자 교육을 잘 챙기겠습니다. 충성!" 이런 아이디어만 잔뜩 쏟아졌겠지. 누가 김을 별도의 포장지에 분리했다가, 먹는 이의 힘으로 재결합할 기술을 생각했겠는가. 역시 천재는 엉뚱한 방향으로 사고 회로를 돌려 실마리를 찾는다. 달걀을 세워보라고 하니까 톡 깨뜨려 속은 날름 먹고 껍데기만 우뚝 세웠다던 먼 옛날 괴짜 탐험가처럼.

● 삼각김밥 꼭짓점에 있는 절취선을 잡고 세로로 갈라내는 방식의 포장지를 '타테와리(たてわり, 세로 분할) 필름'이라 합니다. 비닐 포장 안에 든 김이

빠져나오도록 만드는 방식은 '패러슈트(parachute)' 방식이라 부른다네요. 배낭에서 낙하산이 쫙 펼쳐지는 모습 같다고 해서 붙은 이름이지요. 중앙을 분리하는 방식을 '센터 커트(center cut)'라고 부릅니다.

아, 이런 건 너무 전문 지식이야!

가장 좋은 쌀로 만들었습니다

"자—알 말아" 달라고 한다. "자—알 눌러" 달라고도 한다. "밥알이 김에 달라붙는 것처럼 너에게 붙어 있을래."라고 다짐까지 한다.

가사를 보자마자 흥얼흥얼 따라 부르고 있다면, 까닥까닥 고개까지 흔들고 있다면, 당신의 나이가 대충 짐작되는군요. 이 노래가 2003년에 나왔으니…. 하긴, 좋은 노래는 세대에 묶이지 않는 법이니 '젊은' 당신도 충분히 이 노래를 알 수 있겠군요. 혹시 모르는 분은 유튜브에 들어가 '더 자두'의 〈김밥〉이라는 노래를 검색해 들으면서 흥겨운 리듬 따라 어깨를 들썩이는 것을 권장합니다. 옆에 삼각김밥 하나 있다면 재치 만점.

그런데 "밥알이 김에 달라붙는 것처럼"이란 노랫말은 편의점 진열대에 있는 삼각김밥에게는 아직 실현되지 않은 미래. 당신이 김 따로 밥 따로 있는 삼각김밥을 구입해 포장지를 뜯음으로써 스르르 합쳐지는 마술이 이루어진다는 사실, 앞에서 알려드렸다. 그러니 지금까지 당신은 김과 밥의 만남을 숱하게 이어준 사랑의 마술사였던 셈이다. 오늘도 마술사로서 더욱 분발해주시길!

여기서 가만. 삼각김밥이 꼭 비닐로 밀착 포장된 것만은 아니라는 목소리가 어디선가 들린다.

"일본 편의점에 가봤더니 헐렁한 포장지에 든 삼각김밥도 많던데요?"

정확하게 표현하자면 삼각김밥이 아니라 '오니기리'가 많았겠지요.

용어의 혼란을 막기 위해 교통정리부터 합시다. 일본에서 '오니기리'는 주먹밥을 말한다. 세모든 네모든 동그라미든, 주먹밥 일체를 오니기리라고 부른다. 삼각형 오니기리를 따로 부르는 일반적인 이름은 없다. 그것이 한국 편의점으로 건너오면서 '삼각김밥'이라는 이름으로 다시 태어났다. 이름이 '삼각&김밥'이 되면서 '①모양은 세모' '②김에 둘러싸여 있을 것'이라는 공식이 또렷해졌다. 당신이 나의 이름을 불러주었을 때, 나는 당신에게로 가서 삼각김밥이 되었다.

많은 사람이 간과하는 부분이지만 '삼각김밥'이라는 이 이름, 대단한 작명 센스 아닌가! 오니기리를 직역해 주먹밥이라 부를 수 있었고, 아니면 그냥 오니기리로 남을 수도 있었고, 삼각주먹밥이라 할 수도 있었고, 간편주먹밥(?) 같은 어색한 이름이 될 수도 있었을 텐데 상품의 특징을 정확히 포착해 '삼각김밥'이란 멋진 이름을 지어주셨다. 누구신지 모르겠지만 그분에게 경의와 찬사를 보낸다.

그런데 일본에는 '김 없는' 오니기리도 많다. 말 그대로 주먹밥. 김이 따로 있을 필요가 없으니 헐렁한 포장지 안에 들어 있다. 점착력을 높이는 기술을 도입해 밥알이 포장지 안에 흩어지지 않고 뭉쳐 있다. 일본의 김 없는 오니기리는 '삼각김밥은 반드시 김으로 감싸야 한다'는 우리의 상식과는 달라 팥소 없는 찐빵처럼 뭔가 빠진 느낌마저 들지만, 의외로 먹을 만하다. 정 퍽퍽하다 싶으면 컵에 든 된장국을 구입해 곁들여 먹으면 밥알이 보들보들 촉촉하다.

일본에는 밥과 양념으로만 만든 오니기리를 넘어 양념조차 없는 오니기리도 있다. 그러니까 "순전히 쌀로만 만들었습니다."라고 자신을 홍보하는 오니기리. 김 빼고, 양념 빼고, 덩그러니 밥만 남았다. 약간의 소금간만 되어 있다. '그게 뭐야?' 싶겠지만, 그만큼 좋은 쌀로 만들었다고 은근히 자랑하는 것이다. 처음 출시했을 때 굉장히 화제를 모은 상품이다.

지금도 많이 팔린다. '반찬 없이 어떻게 밥만 먹지?' 하실 분들이 많을 텐데, 드셔보시라. 꽤 먹을 만하다. (오로지 흰쌀로 만들었으니 편의점 진열대에서 쉽게 눈에 띕니다. 일본어를 한 글자도 모르는 봉달호 씨도 금방 찾아내더군요.) 정 걱정된다면, 짭조름한 햇반이라 생각하고 컵라면과 함께 먹으면 환상의 조합을 이룬다. 하긴 오니기리든 삼각김밥이든 컵라면과 어울리지 않는 주먹밥이 세상에 어디 있으랴.

아, 참. 삼각김밥의 소울메이트 '컵라면' 이야기는 앞으로도 종종 하게 될 것입니다. 지금 삼각김밥 이야기를 하는 거야, 라면 이야기를 하는 거야, 싶을 정도로.

그리고 '띵 시리즈' 라면 편 『지금 물 올리러 갑니다』와 함께 읽으면 탁월한 선택이 되겠지요. 삼각김밥 하나 옆에 놓고, 〈김밥〉 노래 틀어놓고, 보글보글 라면 끓이면서 두 권의 책을 함께 펼쳐놓고…. 아주 멋진 그림이 그려지는군요. 역시 삼각김밥은 친구를 부르는 존재입니다.

*＊＊

　삼각김밥을 비닐로 포장하고 그것을 다시 투명 플라스틱 용기에 넣어 이중 포장한 제품이 한국에 나온 적 있다. '왜 쓸데없이 이중 포장이야?' 싶겠지만, 그 제품이 등장했을 때 우리 편의점 점주 봉달호 씨는 만세를 외쳤더랬다. 세기적 발명품이 탄생했다고 방방 뛰며 기뻐하더라. 플라스틱 용기에 삼각김밥을 넣으면서 질소를 충전한 것이다. 어떤 식품이든 질소가 들어가면 산소와 접촉면이 줄어들어 유통기한이 늘어난다. (그래서 과자에도 그렇게 질소를 빵빵하게?)

　삼각김밥의 유통기한은 보통 30시간 정도. 배송에 소요되는 시간을 제외하면 딱 '하루살이'다. 그런데 질소를 머금은 삼각김밥의 유통기한은 사나흘쯤 되었다. 대단한 일 아닌가! 생명 연장의 꿈이 실현되었다고 넙죽 엎드려 감사할 일인데 소비자들의 반응은 냉담했다. 왜일까? 소비자들은 보통 '삼각김밥은 유통기한이 짧은 상품'이라고 알고 있다. 그런데 유통기한이 긴 슈퍼히어로 녀석들이 탄생한 것이다. 그 무렵 태어난 지 사흘이나 지난 초고령 삼각김밥이 내 옆에 앉아 있는 것을 보고 식겁했던 적이 있다. "질소 충전을 했으니 안전해요!"라고 제조사 측에서는 홍보했지만, 손님들은 '질소'라는 말조차 질색했고 '막 태어난' 삼각김밥 쪽으로만 손을 뻗었다. 초고령 삼각김밥은 그렇게 외면받았다. 삼각김밥의 세계에서 선택의 여지는 많고 많은데 굳이 며칠 지난 삼각김밥을 택할 이유는 없지 않은가.

　기술이 앞섰다고 뛰어난 발명인 건 아니랍니다. 무엇보다 소비자의 선택을 받아야겠지요. 우리 봉달호 씨는 그것도 모르고 마냥 좋아만 하더라. 단순한 양반.

　삼각김밥에 방부제가 들었다고 오해하는 분들이 적잖은데, 아니올시다. 삼각김밥에 방부제가 들었다면 유통기한이 하루뿐일 리 없지 않나요. 다른 생명체처럼 저도 오래 살고 싶은 욕망이 있답니다. 그렇지만 방부제의 힘까지 빌리고 싶진 않습니다.

　삼각감밥은 묵은쌀, 혹은 수입 쌀을 사용한다는 오해도 있는데, 그것 역시 아니올시다. 우리나라에 좋은 햅쌀이 넘치도록 풍족한데 굳이 묵은쌀이나 외국에서 가져온 쌀을 쓸 이유는 없잖아요. 게다가 여러 편의점 브랜드가 치열하게 경쟁하고 있답니다. 각자 차별화된 삼각김밥을 보여줘야 하는데, 김밥의 자랑거리가 뭐가 있겠어요. "좋은 쌀을 사용했어요!" 이것이 단연 경쟁력입니다. 그래서 국내산 햅쌀을 사용합니다. 농협 인증마크를 늠름히 가슴에 붙인 녀석도 있어요. 아, 물론 "좋은 김을 사용했어요!"라는 경쟁력도 있답니다. 김도 모두 '완도산 1등급 김'을 사용한다고 한껏 자랑합니다.

그러니 단언하건대 당신은 오늘도 세상에서 가장 좋은 쌀과 가장 좋은 김으로 만든 신토불이 삼각김밥을 드시고 계시는 겁니다.

대게딱지장, 되게 좋았는데

주먹밥이 꼭 삼각형이어야 한다는 도덕적 의무라든가 국제협약 같은 것이 있을 리 없다. 그래서(?) 일본에는 '사각김밥'이 있다. 오키나와의 특산품으로, 그곳에서 오리지널을 만날 수 있다. 그렇다고 특별한 속 재료가 들어간 김밥은 아니다. 겉과 속은 삼각김밥과 그리 다를 바 없는데 모양만 네모난 쪽에 가깝다.

네모 오니기리에 특별한 점이 있다면 큼직한 스팸이 들어간다는 사실. 도톰한 달걀지단도 달짝지근 맛있다! 이 두 가지가 기본 재료고, 거기에 새우튀김, 타르타르소스, 고추냉이, 매운 당근, 돈가스, 참치마요 등 각종 재료와 소스를 달리해 몇 가지 변형 메뉴가 존재한다. 어쨌든 오키나와는 삼각보다 사각김밥이 훨씬 많이 팔리는 희한한(?) 동네이다. 유명 판매점에는 아침부터 줄이 길게 늘어서 있으니 서두르도록.

돌이켜보니 한국에도 사각 주먹밥이 출시된 적 있다. 결과는? 폭망. 손님들이 삼각으로 만들면 되는 것을 왜 사각으로 만들었냐며 의아해했다. 역시

'주먹밥=삼각'. 내가 대세라니까 그러네.

이쯤에서 삼각김밥에 들어가는 속 재료 이야기를 하지 않을 수 없다. 삼각김밥의 속살, 얼마나 알고 계시는지? 참치마요, 전주비빔, 소고기고추장… 이렇게 세 가지가 삼각김밥 속 재료 삼대장이다.

앞에서 편의점 발주 사이트에 등록되어 있는 삼각김밥 종류가 스무 가지 이상이라고 소개한 바 있다. 그럼 속 재료도 스무 가지나 된다는 말인데, '참치마요, 전주비빔 말고 대체 뭐가 있지?' 하면서 고개를 갸우뚱할 독자들이 많을 것이다. "우리 동네 편의점에는 항상 두세 종류밖에 없던데요?" 하는 목소리도 들린다. 그 이유는 차차 설명하기로 하고, 삼각김밥의 속 재료에는 삼대장뿐 아니라 닭갈비도 있고 제육볶음도 있다. 스팸달걀도 있고 장조림버터도 있다. 정말 스무 가지 넘게 있다. 뭐든 삼각김밥의 재료가 될 수 있는 것이다.

자, 그럼 책에서 잠깐 시선을 거두고, 20초의 여유를 드릴 테니(삼각김밥이 전자레인지에서 따뜻하게 데워지는 시간이다.) 당신이 알고 있는, 혹은 출시되었으면 하는 삼각김밥 속 재료 명단을 떠올려보시라.

몇 개쯤 생각하셨나요? 혹 열 개쯤 떠올렸다면, 당신을 삼각김밥 전문가로 인정합니다. 편의점 점주 봉달호 씨도 고작 예닐곱 개밖에 말하지 못했거든 요. 다섯 개쯤 떠올렸다 해도 당신을 든든한 삼각김 밥 애호가로 인정합니다. 사실 대다수 사람들은 참 치마요, 전주비빔, 소고기고추장의 범주를 벗어나지 못합니다. "그거 말고 또 있어요?" 하고 묻겠지요.

지금 제가 속한 프랜차이즈 편의점에서 판매 중 인 삼각김밥 명단은 다음과 같습니다.

참치마요, 베이컨참치마요, 전주비빔, 소고기전 주비빔, 떡갈비전주비빔, 소불고기, 바싹불고기, 고 추장불고기, 닭갈비, 치즈닭갈비볶음, 스팸김치볶음, 스팸달걀볶음, 스팸참치김치볶음, 붉은대게딱지장, 모짜콘치즈, 짜장&돼지고기, 카레&깍두기, 장조림 버터

"스무 가지라면서, 열여덟 가지인데요?"라는 소

리가 들린다. 그걸 또 세어보고 계셨다니, 날카롭군요! 이 정도 속 재료를 기본으로 크기를 약간 키운 제품과 두 가지 맛의 삼각김밥을 하나로 묶어 '커플삼각'으로 판매하는 제품 등이 있다. 그리하여 스무 가지 넘는 삼각김밥이 편의점 진열대에 등장한다.

"어? 내가 좋아하는 삼각김밥은 없네?" 하고 고개를 갸웃하는 모습도 보인다. 편의점마다 '바싹불고기'를 '광양식불고기'라고 하거나, '베이컨참치마요'를 '큐브베이컨참치마요'라고 차별화를 시도해 약간씩 이름이 다르다. 게다가 대게딱지장이나 명란마요처럼 일부 마니아층을 겨냥한 삼각김밥이 있는데, 판매량이 저조하면 곧 사라진다.

대게딱지장 삼각김밥. 비릿한 바다 내음이 느껴지면서 참깨와 어울려 고소한 풍미가 있어 나름 인기를 누린, 되게 괜찮고 점잖은 친구였는데 생산이 중단되었다. 대게 되게 그립네.

스무 가지가 끝이 아니다. 지금껏 내 곁을 스쳐간 삼각김밥 친구들 이름을 살펴보니 간장버터, 치킨스테이크, 불닭치킨, 벌교꼬막, 청양고추, 크레미

햄, 전복버터, 제육볶음, 깻잎참치마요, 고메함박&볼로네즈… 이름조차 기억나지 않을 정도로 진기하고 다양한, 때론 '괴랄하다' 평가받은 속 재료도 많았다. 이렇게 숱한 삼각김밥 동료들이 나타났다 사라지고, 사라졌다 나타나길 반복한다.

한때 누군가에게 열정적으로 사랑받기도 했지만, 다만 폭넓은 인기를 누리지 못했다는 이유로 진열대에서 사라진 삼각김밥이 많다. 제조사가 속 재료를 안정적으로 확보하지 못해 사라지거나 시즌 한정판으로 출시했다 사라지는 녀석들도 있다. 대게딱지장 삼각김밥이 홀연 사라진 배경에도 그런 이유가 숨어 있었단 말이지. 속 재료가 다양한 만큼 사라지는 이유 또한 다양하다. 우리가 사랑했던 모양만큼 이별의 이유도 다 다르다. 사는 게 다 그렇지 뭐.

주위 사람들은 이름조차 잘 모르지만 내가 특별히 좋아하고 탐닉하는 어떤 가수가 있다고 해보자. 앨범이 나오면 수십 장을 구입해 사돈의 팔촌까지 나눠주며 홍보하고, 가수를 알리기 위해 소속사 매니저보다 열심히 노력하고, 소규모 공연장이나 길거리 버스킹까지 쫓아다니고, 각종 커뮤니티에서 활

동하면서 나만의 지극한 팬심을 발산한다. '내 가수'
는 그렇게 해서 지킬 수 있다. 하지만 '내 삼각김밥'
은 어떻게 지킬까? 제조사에서 생산을 중단하면 어
쩔 도리가 없다. 대게딱지장 삼각김밥을 하루 대여
섯 개씩 먹고, "대게딱지장 삼각김밥을 지키자!"라
고 적힌 피켓을 들고 편의점 본사 앞에서 시위해봤
자 특별한 의미가 없다는 말이다. 뭐든 좋을 때 한껏
즐겨야 한다.

오늘 새벽에도 '불주먹 챌린지'라는 독특한 이
름을 지닌 삼각김밥이 우리 편의점 진열대 위에서
신고식을 마쳤다. "극강의 매운맛은 제게 맡겨주십
시오!" 하고 고참 김밥들 앞에서 큰소리를 떵떵 치
더라. 요즘 신입들은 저렇게 다 자신만만하다. 녀석
은 언제까지 버틸 수 있을는지.

그러니 당신이 좋아하지만 왠지 곧 사라질 것
같은 삼각김밥이 있다면, '있을 때' 많이 많이 드시
고 사랑해주시라.

● 불주먹 챌린지 삼각김밥은 4개월 11일을 버티

고 사라졌다. 이름은 화끈했는데 지구력은 좀 떨어
지는 친구였단 말이지.

참치마요가 육개장을 만났을 때

편의점 진열대는 기울지 않고 평평하지만, 그 위에 진열된 우리 삼각김밥의 세계는 결코 평등하지 않다. 사람 사는 세상도 대체로 그러하지요?

삼각김밥 삼대장 중에서도 압도적 인기를 누리는 녀석이 있다. 바로 '참치마요'. 스무 가지 삼각김밥 가운데 참치마요 판매량이 전체 25% 정도를 차지한다. 앞서 다양한 삼각김밥 명단을 공개하지 않았는가. 눈치챘는지 모르겠지만 베이컨참치마요 외에도 그 목록에 포함되지 않은 '변형' 참치마요들이 있다. 더큰참치마요, 스팸참치마요, 비빔참치마요…. 크기, 참치와 마요네즈의 비율, 쌀의 종류, 곁들여지는 재료에 따라 참치마요는 다양하게 재탄생한다. 게살참치, 야채참치, 고추참치, 참치김치, 와사비참치, 날치알참치, 햄참치… 참치 없는 김밥 어디 서러워 살겠나 싶을 정도로 참치는 삼각김밥 세계에서 대세를 이룬다. 그런 참치마요 사촌들까지 포함하면 속 재료로 참치가 들어간 삼각김밥은 절반가량. 세상에 이런 불균형이 어딨을까.

참치마요 다음으로 인기를 누리는 녀석은 '전주

비빔'이다. 비빔에도 변형이 많다. 떡갈비전주비빔, 소고기전주비빔, 불고기전주비빔, 봄나물비빔이 대표적이다. 볶음에는 쭈꾸미볶음, 대패삼겹살볶음, 우삼겹깍두기볶음, 깍두기치킨볶음, 곱창볶음, 김치볶음, 참치김치볶음 등이 있다. 세상 모든 것을 비비고 볶을 기세다. 앞에서 줄시되었으면 하는 삼각김밥 속 재료를 상상해보시라고 시간을 드렸는데, 그때 떠올렸을 아이디어가 하나씩 지워지는 소리가 들린다. 어? 이미 나왔었네? 벌써 있었어? 어머, 이런 삼각김밥도 정말 있다고?

그렇게 속 재료 삼대장과 다양한 친인척 삼각김밥이 진열대의 70~80% 정도를 차지한다. 그러니까 편의점 삼각김밥 진열대는 인간이 살아가는 세상처럼 70대 30의 법칙이 통용되는 '기울어진 운동장'이다. 잘 나가는 녀석 몇몇이 시장의 70%를 장악하는 갸우뚱한 세상 말이다. 나머지 특이한(?) 삼각김밥들이 진열대 한쪽에서 아슬아슬하게 다양성을 보충한다. 당신은 70에 속합니까, 30에 해당합니까.

"거참, 이상하네요. 우리 동네 편의점엔 항상 참

치마요랑 전주비빔밖에 없던데, 무슨 삼각김밥 종류가 스무 가지나 된다고 그러세요?"

이렇게 의심하는 목소리가 계속 들린다. 하긴 그렇다. 봉달호 씨네 편의점에도 현재 진열된 삼각김밥 군단을 점검해보니, 아홉 종류다. 이것도 봉달호 씨가 나름 박애주의자고 평등주의자(?)니까 일부러 여러 종류를 골고루 갖다놓는 편이지, 웬만한 편의점은 덜렁 네댓 가지인 경우가 흔하다. 카레 삼각김밥, 깍두기 삼각김밥, 장조림버터 삼각김밥처럼 낯선 아이들은 편의점 예닐곱 곳 정도는 탐방해야 만날 수 있는, 삼각김밥인 나로서도 흔히 만날 수 없는 진귀한 친구들이다. 편의점 점주들을 탓하지 마시라. 안 팔려서 버리느니 잘 나가는 상품 위주로 주문하는 것이다. 당연한 경제적 귀결이다.

게다가 편의점 점주들의 상품 발주 사이트에는 '자동 발주'라는 기능이 있다. 며칠간 판매 실적에 따라 AI가 자동으로 주문 수량을 결정해주는 기능이다. 잘 나가는 제품의 발주 수량은 더욱 늘리고, 유통기한 내에 팔리지 않아 폐기 처분량이 많은 제품은 자동으로 수량을 줄이는 시스템으로 이루어져 있다. 삼각김밥 진열대에서 빈익빈 부익부 현상이 심해지는 이유 가운데 하나가 바로 AI이다. 지능은 뛰어날지 모르겠으나 마음은 없는 매정한 AI 같으니라고….

갈수록 가능성이나 잠재력이 아니라 눈앞에 보이는 통계와 실적이 중시되는 세상이 되어간다. 껄끄러운 문제가 발생하면 "내가 아니라 AI가 결정하는 걸 어쩌겠어요!"라고 핑계 대기 좋은 세상이 되고 있다. 이러다 '오늘 좋아하는 사람에게 고백하면 성공할까?'에 대한 확률도 AI가 결정해주는 세상이 오지 않을까. 인간들의 세상은 삼각김밥만큼 촉촉하지도, 다양한 속살을 갖고 있지도 않다.

기울어진 운동장에서 전통적인 강자는 자타공인 참치마요. 일본 편의점에서도 참치마요는 항상 3위권 안에 들어가는 메달리스트입니다. (하긴, 맛있는 걸 어쩌겠나.)

그런데 우리나라 편의점에서 참치마요가 1위를 차지하는 것은 요즘에나 해당하는 이야기다. 수년 전만 해도 전주비빔이 1위였다. 전주비빔과 참치마요가 엎치락뒤치락하다 최근 들어 참치마요가 최강자로 군림하고 있다. 언제 또 뒤바뀔지 모른다.

어떤 때는 참치마요, 어떤 때는 전주비빔이 더 큰 인기를 차지하는 이유는 뭘까? 참치마요는 라면과 함께 판매되는 비율이 높다. 반면 전주비빔은 삼각김밥 홀로 판매되는 비율이 높다. 언젠가 어떤 손님이 이렇게 표현하셨지. 전주비빔은 "한결같은 삼각김밥."이라고. 참치마요는 맨밥 가운데에 속 재료가 들어 있어 맨 마지막엔 맨밥만 먹어야 하는 퍽퍽한 고난이 생길 수 있다. 그러나 전주비빔은 밥 자체에 골고루 양념이 버무려져 있어 처음 한 입부터 마지막 한 톨까지 맛이 똑같다. 그래서 참치마요는 김밥만 따로 먹기 버거운 측면이 있는 반면, 전주비빔은 '단독자'로서 제 역할을 훌륭히 소화한다.

참치마요는 컵라면과 단짝을 이뤄 든든한 한 끼 식사가 된다. 반면 전주비빔은 '식사'라기보다 끼니와 끼니 사이를 잇는 간식 역할을 하는 경우가 많다. (대체로 그렇다는 말이다.) 따라서 경제가 호황일 때는 (일하느라 바쁘다 보니) 간식으로 전주비빔 삼각김밥이 많이 팔리고, 경기가 나쁠 때는 (식비를 줄이기 위해) 라면과 함께 참치마요 삼각김밥이 많이 팔리는 것 아닐까… 하는 나만의 돌팔이 경제학을 갖고 있는데, 전혀 터무니없는 이야기만은 아니겠지요?

삼각김밥 속 재료와 경제의 상관관계. 누가 이것을 잘 연구해보시라. 경제학 박사 논문 주제로도 꽤 적합하지 않을까? 이만큼 실물경제와 서민의 삶, 그리고 경제학적 통계가 적절히 배합된 좋은 주제가 어딨을까. 학계의 '비빔참치마요' 같은 논문이 될 것이다. 혹시 아나, 독자 가운데 누군가 그런 연구로 노벨경제학상을 받게 되실는지.

* * *

참치마요 삼각김밥은 역시 매운 라면과 잘 어울린다. 참치마요의 고소함과 기분 좋은 느끼함이 라면의 매운맛을 확 잡아준다. 한편 라면의 매콤함이 참치마요의 지긋한 풍미를 살린다. 한국에는 매운 라면이 많으니 컵라면이 많이 팔릴수록 참치마요도 덩달아 잘 팔린다. 삼각김밥의 속 재료를 다 먹고 모서리 맨밥 부위만 남았을 때, 라면에 말아 먹는 '마무리’ 역할로도 참치마요가 제격이다.

영화 〈해리가 샐리를 만났을 때〉를 기억하시는지? 관객들이 가장 인상 깊었다고 꼽는 대사는 해리와 샐리가 주고받는 달달한 연애 멘트가 아니라 의외로 이거다. 식당에서 식사하다 말고 질펀한(?) 신음을 쏟아내는 샐리를 지켜보던 할머니가 종업원에게 했던 말.

“나도 저 여자가 먹는 걸로 주세요.”

편의점 테이블에 앉아 참치마요 삼각김밥과 육개장 사발면의 마지막 한 방울까지 맛있게 해치운 당신을 보고 이제 막 편의점에 들어선 손님도 이렇게 말할 것이다.

“나도 저 사람이 먹는 걸로 주세요.”

참치마요와 육개장 사발면. 이거 참을 수 없는 유혹 아닌가. 통계에 따르면, 삼각김밥을 구입하는 손님 네 명 가운데 한 명이 컵라면을 함께 구매하는데, 컵라면 중에서도 육개장 사발면이 장기간 짝꿍 1위를 달린다. 육개장 사발면은 2022년에 출시 40주년을 맞았다. 어르신의 ‘으리의리한’ 저력이란.

● 혹시 〈해리가 샐리를 만났을 때〉를 못 보신 분은 유튜브에 검색해보세요. 앞에 소개한 장면을 찾아볼 수 있답니다. 단, 지하철이나 버스에서 나도 모르게 볼륨을 높이고 보다가 괜한 오해를 살 수 있으니 이어폰은 필수. 역대 최강 19금 사운드가 펼쳐질지어다….

불닭볶음 백 선생

삼각김밥은 하루 중 언제 많이 팔릴까? 편의점마다 다르겠지만, 평균적으로 식사 시간과 겹칠 때 판매에 정점을 찍는다. 그러니까 하루 세 번, 아침, 점심, 저녁 말이다. (어쩌면 당연한 현상.)

그중에서도 언제 가장 많이 팔릴까? 역시 편의점마다 다르겠지만, 직장인이 많이 찾는 봉달호 씨네 편의점은 아침 8~9시경에 삼각김밥 판매가 집중된다. 하루 판매량의 절반이 아침에 달려 있다. 점심 언저리에 30~40%가 팔리고, 나머지 10%가 저녁에 팔리면 그날 장사 끝. 팔리지 않은 삼각김밥은 봉달호 씨와 알바들의 처분을 기다리지요.

앞에서 '편의점마다 다르다'는 표현을 반복했는데, 정말 세상 편의점은 다 다르다. 외관이 비슷하니 똑같은 편의점으로 보이겠지만, 매출은 물론 잘나가는 상품, 피크 시간대, 그에 따른 진열 방식까지 편의점마다 다르다. 우리 삼각김밥처럼 겉모양은 같아도 속사정은 다 다르다.

편의점의 품목별 판매량은 기본적으로 상권에 따라 다르다. 삼각김밥을 예로 살펴보자. 어느 편의점이든 아침에 삼각김밥이 많이 팔리는 것은 대체로 비슷하다. 주택가든 상업가든, 봉달호 씨네 편의점처럼 직장가에 있는 편의점이든 비슷한 판매 곡선을 보인다. 그런데 유흥가에 있는 편의점에서 아침에 삼각김밥을 사 먹는 사람은 얼마나 될까? 많지 않을 것이다. 농어촌이나 관광지에 있는 편의점은? 아침에 삼각김밥을 취급조차 하지 않는 편의점도 있다.

술집과 노래방이 밀집한 상권에 살고 있는 삼각김밥 친구에게 물어봤더니 그곳은 특이하게도 오후 4~5시경부터 삼각김밥이 팔리기 시작한단다. 유흥업소 사장님이나 종업원들에게는 그때가 아침이겠지. 하루를 시작하는 시간이겠지. 그 편의점은 저녁 내 꾸준히 삼각김밥이 팔리다가, 새벽 2~3시경 컵라면과 삼각김밥으로 고단한 하루를 마감하는 손님들로 하루가 저문다. 편의점의 하루는 손님의 일상과 같이 호흡한다.

그렇게 어떤 편의점의 하루가 마침표를 찍을 무렵, 다른 편의점은 경쾌하게 시작종을 울리며 하루를 시작한다. 유흥가 편의점의 삼각김밥 판매는 정점을 찍고 하강하고, 주택가나 직장가 편의점의 판

매는 가파르게 상승한다. 여기서 안 팔릴 때 저기서
는 잘 팔린다. 저녁이 되면 직장가 편의점의 삼각김
밥 판매 정점은 다시 유흥가 편의점으로 배턴을 넘
긴다. 세상 편의점은 그렇게 주택가-직장가-유흥가
로 트라이앵글 이어달리기를 한다. 주말에는 주택
가-로드사이드(자동차가 많이 지나다니는 도로변)-관광
지 편의점으로 새로운 트라이앵글을 이룬다.

　세상은 삼각삼각 돌아간다. 이쪽이 차면 저쪽이
기울고, 저쪽으로 중심이 움직이면 이쪽이 차츰 가
벼워지면서 뱅글뱅글 돌아가는 세상이다. 반듯한 삼
각김밥처럼 세상도 가급적 정삼각형이 되어야 고루
고루 균형을 이룰 것이다. 어느 한쪽으로 중심이 쏠
린 길쭉한 삼각형이 되면 세상은 윤기 있게 돌아가
지 않는다.

＊ ＊ ＊

　학원가 편의점은 또 다르다. 거기는 오후 3~4시
경부터 삼각김밥이 팔리기 시작한다고 삼각김밥 통
신원이 소식을 전했다. 아이들은 학교 수업이 끝나

는 시간부터 또 다른 하루를 시작하겠지. 삼각김밥 하나 먹고 학원으로 향하는 고단한 일상이 반복되는 것이다. 아이들의 삼각김밥 행렬은 밤 9~10시까지 이어진다.

일개 삼각김밥으로서 인간들 세상에 주제넘게 참견하자면, 아이들을 꼭 그렇게 여러 학원에 순회하듯 보내야 하는 건가요? 한창 뛰어놀고, 소설책 읽고, 띵 시리즈 읽으며 꿈을 키울 나이에 편의점 음식으로 후다닥 배 채우고 이리저리 학원으로 달려가는 모습을 볼 때마다 짠한 생각이 들더군요. 학원가 편의점에 살고 있는 마음 착한 삼각김밥 통신원이 한숨 섞인 목소리로 이렇게 말했다.

"삼각김밥으로 태어났기에 망정이지, 인간으로 태어났으면 쉽지 않았겠네요."

학원가 편의점도 학원의 '성격'에 따라 다르다. 초등학생과 중고등학생이 많은 편의점, 재수생·공시생·취준생이 많은 편의점, 직장인들이 출근 전이나 퇴근 후에 다니는 학원이 많은 곳에 있는 편의점은 각기 다른 풍경을 보인다. 이렇듯 세상 모든 편의점은 똑같아 보이지만 다 다르다. 각자 말 못할 사연을 품고 있다. 그러고 보니 어른이 되어서도 이 학원에서 저 학원으로… 역시 인간의 삶은 고단하고 바쁘군요.

직장인이 많이 찾는 편의점은 삼각김밥과 함께 국물 있는 컵라면이 많이 팔린다. 그런데 학교 앞 편의점이나 학원가 편의점, 특히 초중고생 손님이 많은 편의점은 불닭볶음면이 대세다. 하긴 요즘은 뭐든 볶음면이 대세. 국물 라면을 밀어내고 볶음면이 빠르게 영토를 확장하는 중이다. 오죽했으면 신라면 출시 35주년 기념으로 국물 라면이 아니라 볶음면 버전이 나왔겠는가.

그런데 이 볶음면 말이다, 특히 불닭볶음면! 이거 편의점 점주와 알바에게는 애증의 라면이다. 뒤처리가 '너어무' 힘들다. 조리 과정이 일반적인 컵라면과 다르지 않은가. 물 붓고, 그것을 다시 쏟아내고, 양념을 넣어 비비고. 그러는 과정에서 조심성이 부족한 아이들이 자꾸 사고를 친다. 뜨거운 물을 엉뚱한 곳에 덜거나, 양념을 비비면서 이리 튀고 저리 묻고, 번지고, 엎어지고…. 게다가 한창 장난기 많을 나이 아닌가. 웃고, 떠들고, 밀치고! "야, 한입만 먹어보자, 한입만!" "안 돼, 니 꺼나 먹어!" 하면서 라면 용기를 팔로 감싸 가린다. "에이, 치사한 놈. 한입만 먹자니까!" 하면서 팔을 잡아당긴다. 진열대에 앉아 그 광경을 지켜보는 내 심장은 쿵쾅거린다. 얘들아, 그러다 다쳐!

먹었으면 말끔히 치우고 가면 좋으련만 (물론 그런 아이들도 많다.) 여간해서 완벽히 처리하기 쉽지 않다. 여기저기 튄 소스 자국, 흘린 건더기수프, 면 부스러기 모두 그대로 남겨놓고 떠난다. 한참 들썩이며 먹다가 "야, 수업 늦겠다. 빨리 가자, 빨리!" 하면서 후다닥 뛰어나간다.

게다가 응용력 뛰어난 아이들도 '너어무' 많다. 불닭볶음면에 스트링치즈를 길게 찢어 넣는 것은 기본. 거기에 우유를 붓는 아이도 있고 시큼한 맛을 낸다고 요구르트를 살짝 붓는 아이도 있다. 삼각김밥 포장을 완전히 벗겨 김을 잘게 부숴 라면 위에 솔솔 뿌리는 조리사 초등학생도 있고, 극강의 매운맛을 낸다고 어디서 들고 왔는지 액상수프를 하나 더 넣는 살림꾼 중학생도 있으며, 구운 달걀을 다져 넣는 미식가 고등학생도 있다. 아이고, 편의점 전문 백종원 선생님 탄생하시겠네! 우리나라 요식업계의 미래가 이토록 밝다.

그러는 사이 편의점 시식대는 먹방 촬영하는 세트장처럼 엉망이 된다. 뒤처리는 봉달호 씨와 충실한 알바들의 몫.

* * *

불닭볶음면에 어울리는 삼각김밥은 단연 참치마요. 오죽했으면 불닭볶음면을 의식했는지 참치와 마요네즈 함량을 훨씬 높인 삼각김밥이 출시되었고, 속 재료로 스트링치즈와 스위트콘, 콘치즈 샐러드를 넣은 삼각김밥이 신제품으로 등장했다. 머리가 띵할 정도로 극심한 매운맛을 참치와 마요, 치즈와 샐러드 연합군이 달래준다. 병 주고 약 주고.

불닭볶음면을 사면서 참치마요가 아닌 다른 삼각김밥을 계산대 위에 올려놓는 손님을 볼 때면 좀 의아하다. 특히 전주비빔 삼각김밥을 고르는 손님을 만나면 '대체 뭐 하는 분이지?' 궁금할 정도다. 얼마나 '맵게! 더욱 맵게!'를 사랑하는 분이면….

어느 날은 우리 편의점 단골손님 마복렬 부장님이 불닭볶음면을 구입하셨다. "우리 아들이 이렇게 먹더라고!" 하면서 볶음면에 참치마요 삼각김밥을 으깨고 김가루를 솔솔 뿌리는 조리법을 장그래 대리앞에서 자랑스럽게 시연했다. 마치 '나는 인싸야, 인싸!' 하는 표정이었다.

마 부장님 일행이 다녀간 후 우리 편의점 시식대는 소스 자국과 김가루로 온통 어질러져 있었다. 뭔가 충격적인 맛의 세계를 경험하셨는지 라면 용기도 휴지통에 아무렇게나 쑤셔 넣고 바삐 뛰어나가셨다. 하여간 남자들이란, 애나 어른이나.

마 부장님, 많이 놀라셨지요?

여기서 잠깐 퀴즈. 삼각김밥과 함께 많이 팔리는 상품 1위는 라면, 그렇다면 2위는 뭘까요? 정답은 우유입니다. 흰 우유가 아니라 딸기맛, 초코맛, 이런 첨가물이 들어간 녀석들이 잘 나갑니다. 하긴 삼각김밥 먹으면서 흰 우유를 마시기는 좀 '거시기' 하지요. (마 부장님 개그.) 삼각김밥과 함께 소시지도 많이 팔린답니다.

● 불닭볶음면이 라면류 판매 1위인 편의점들이 있습니다. 주로 학교 앞 편의점이 그렇습니다. 대한 민국의 미래가 이토록 맵고 강하답니다. 듬직하다, 녀석들!

꼭 '전주'비빔이어야 하는 이유

그것참 신기한 일이다. 그냥 '비빔'이라 하면 안된다. 꼭 '전주'비빔이라고 해야 반듯한 느낌이 고스란히 전해진다. 전주비빔은 참치마요와 함께 1~2위를 다투는 삼각김밥이다 보니 편의점마다 여러 가지 비빔류 삼각김밥이 있다. 그런데 전복장비빔이나 낙지비빔, 비빔참치 같은 몇몇 별종을 제외하곤, 빨간 고추장 소스를 버무려 만든 삼각김밥에는 어떤 편의점이든 '전주비빔'이란 이름이 붙어 세상에 등장한다. 예를 들어 비빔에 소고기를 추가한 경우, '소고기비빔 삼각김밥'이라고 하면 될 텐데 '소고기전주비빔 삼각김밥'처럼 반드시 '전주'를 덧붙인다. 떡갈비를 추가한 경우에도 '떡갈비비빔 삼각김밥'이 아니라 '떡갈비전주비빔 삼각김밥'이 된다.

한국인의 사고 회로에는 '비빔 하면 전주, 전주 하면 비빔'이라는 공식이라도 있는 걸까? 나는 먹어 보지 않아 모르겠지만, 봉달호 씨가 전주에서 비빔밥을 먹고 와서는 엄지손가락을 번쩍 치켜든 것으로 보아 비빔밥은 역시 전주, 아니 음식은 역시 전주인가 보다. 식당이 즐비한 골목에서도 '전주집'이란 상호를 보면 발길이 저절로 향한다나.

이름을 한번 바꿔보도록 합시다. 전주비빔이 아니라 서울비빔, 부산비빔, 경주비빔… 어때요? 좀 생뚱맞은 느낌입니다. '소고기경기비빔', '떡갈비대전비빔'은 어떤가요? 중국집 신메뉴 이름을 '텍사스 짜장면', '덴마크 탕수육'이라고 지어놓은 느낌이 들지 않나요.

상품 이름을 짓는 법칙 같은 것이 있다. 일부러 길게 지어 이목을 끄는 방법도 있지만, 삼각김밥은 대체로 한 글자라도 줄여보려 애쓴다. 이름이 짧아야 입에 착 달라붙어 쉽게 기억할 수 있기 때문이다. 그런데 한국에서 '비빔'은 이런 법칙에 제외되는 특별한 사례다. 두 글자를 추가하더라도 꼭 '전주비빔'이어야 마땅하다. 그냥 '비빔'이라 하면 되레 허전하고 이미지가 확연히 그려지지 않는다.

오늘 우리 편의점에 새로운 삼각김밥이 출시되었다. 상품 소개를 보니 "특제 소스를 넣어 비빔밥 본연의 맛을 최대한 살리면서 소고기 목심 부위를 잘게 다져 볶은 속 재료를 넣어 고소한 맛을 최대한 끌어내 포만감을 자극하는…"이라고 구구절절 적혀 있다. 그럴 필요 있나? '소고기전주비빔 삼각김밥'.

이거 하나면 된다. '전주'라는데, 뭐가 더 필요해?

* * *

여기서 잠깐, 우리나라 삼각김밥의 역사를 살펴보고 가겠습니다. 이름하여 삼각김밥 한국사. 한국에 편의점이 처음 등장했을 때, '삼각김밥'이란 듣도보도 못한 생소한 녀석이 사람들 앞에 처음 얼굴을 내밀었을 때, 편의점마다 주력으로 삼았던 삼각김밥 종류는 뭘까? 참치는 아니었다. 비빔도 아니었다. 시작은 바로 '명란'이었다. 그리고 '연어' 삼각김밥. 일본 편의점에서 그런 삼각김밥이 잘 팔리니 한국에서도 인기가 있으리라 판단했던 것이다. 거참, 단순한 양반들.

당연히 안 팔렸다. 지금도 명란이나 연어 삼각김밥은 잘 안 팔린다. 이유는 굳이 설명하지 않아도 될 것이다. 사회적으로 교감하는 '식습관'이니까.

명란은 안 돼, 연어도 안 돼, 이것도 아닌가 봐, 하면서 도리도리 고개 젓다 주력으로 삼은 속 재료가 바로 '참치마요'. 한국인은 캔 참치를 반찬으로 즐기고 마요네즈의 고소한 맛도 좋아하니 반드시 통할 거라고 생각한 것이다. 역시 인간은 슬금슬금 진화하는 동물이로군요.

그런데 문제는 참치가 아니라 '마요'에 있었다. 속 재료를 만들겠다고 가정에서 흔히 사용하는 마요네즈를 원료로 삼았는데, 삼각김밥에는 잘 어울리지 않더라는 것이다. 좀 퍽퍽하고, 고소한 맛이 덜하고, 마요네즈 특유의 시큼한 맛도 금방 날아갔겠지. 사람들은 가정에서 사용하는 마요네즈와 삼각김밥에 들어가는 마요네즈가 같은 종류인 줄 아는데 점도와 산미가 다르다. 향과 고소함도 다르다.

그렇다고 우리보다 참치마요를 먼저 만든 일본산 마요네즈를 사용하자니 제조 단가가 올라갈뿐더러, 삼각김밥 하나를 위해 마요네즈까지 수입할 필요는 없지 않은가. 그래서 신토불이 참치마요를 위해 '삼각김밥 전용 국산 마요네즈' 개발부터 시작했다는 전설 아닌 전설이 있다. 참고로, 마요네즈 회사에서 삼각김밥 제조 공장에 공급하는 마요네즈는 고소한 풍미를 내기 위해 난황(달걀노른자)이 더 많이 들어간다. 아쉽게도 시중에는 판매하지 않는다. 삼각김밥 마요네즈는 집에서 샐러드 만들 때 뿌리는 마요네즈와 다르다는 사실, 이참에 아셨쥬?

그런데 초창기 우리나라 편의점에서 삼각김밥이 안 팔렸던 이유는 명란이니 연어니 참치니 하는 속 재료 탓이 아니었다. 마요네즈도 핵심은 아니었다. 문제는 가격.

삼각김밥이 처음 등장했을 때, 얼마였는지 아시나요? 1,000원가량이었습니다. 30년 전에 그랬어요. 지금은? 제 포장지에 '1,200원'이란 가격표가 붙어 있네요. 세상에, 강산이 세 번이나 바뀌었는데 삼각김밥 가격은 고작 200원밖에 오르지 않았다니.

30년 전 짜장면 한 그릇 가격은 1,300원. 방금 봉달호 씨에게 "요즘 짜장면 한 그릇에 얼마예요?" 물으니 "대중없다." 하면서 싸게는 4,500원, 비싸게는 13,000원짜리까지 먹어봤다고 대답한다. (정말 대중없군요.) 어쨌든 이렇게 짜장면 가격이 3~10배 오르는 사이 삼각김밥 가격은 거의 제자리를 지켰다.

경제학에 밝은 독자들께서 이렇게 말하시는 목소리가 들린다. "물가 상승률을 감안하면, 삼각김밥 가격은 오히려 내려간 것이지요." 맞는 말씀이다. 삼각김밥은 1990년 무렵 처음 나왔을 때는 1,000원가량이었다가, 2000년대 초반에 700~800원으로 내려갔고, 2010년경에야 다시 1,000원이 되었으며, 지금은 1,200원 수준이다. 훌쩍 오른 물가를 감안하면 상대적으로 가격이 한참 내려간 것이다.

어찌 이런 일이 가능할까? 그동안 삼각김밥 크기가 작아진 걸까? 30년 전에는 축구공만 했다가 지금은 야구공이 된 걸까? 속 재료 양을 확 줄여 원가를 낮췄을까? 아니올시다. 삼각김밥은 오히려 커졌고, 속 재료는 훨씬 다양하고 풍성해졌다.

삼각김밥은 '규모의 경제'를 이야기할 때 등장하는 대표적인 사례다. 생산량이 적을 때는 제조에 소요되는 비용이 많이 들다 보니 그만큼 가격이 높게 책정된다. 반면 생산량이 많아지면, 게다가 독점이나 담합이 없고 건전한 경쟁이 촉발되면, 가격은 내려간다. (이런, 한국사 강의에 이어 경제학 강의가 시작되었다!)

처음 나왔을 때 삼각김밥은 분명 일상적 먹거리가 아니었다. 일종의 사치재였다. 그때만 해도 짜장면이 1,300원, 김치찌개가 2,000원이고 동네마다 1,000원짜리 김밥을 파는 '김밥천국'이 그야말로 천국처럼 즐비하던 시절에 이름도 생소한 1,000원짜리 삼각김밥을 누가, 왜, 굳이, 무엇 때문에 먹으려 하겠는가? 그것도 냉장고에 진열되어 있는 차가운 김밥을. "난 이렇게 비싼 것도 먹는다. 1,000원은 내게 껌값이야!"라고 뻐기려는 속셈(참고로 30년 전 껌값은 50~200원.)이 아닌 이상, 혹은 "오늘은 정말 특이한 것을 먹어볼까?" 하는 지극한 탐구 정신을 가진 사람이 아닌 이상, 엄마 손맛이 느껴지는 친숙한 분식점 김밥 놔두고 기어이 1,000원짜리 괴이한 삼각김밥을 먹어야 할 이유는 어디에도 없었다. 삼각김밥은 특식이고 별식이었다. 요즘 호텔에서 6만 원짜리 팥빙수를 주문해 인증샷 찍는 그런 느낌이랄까? 좀 과한 비유인가? 어쨌든 삼각김밥은 안 팔렸다. 맛, 포장, 이름, 식습관, 속 재료는 한참 나중 이야기. 처음엔 그냥 '비싸니까' 안 팔렸던 거다.

휴, 전주비빔 이야기하다가 한참 샛길로 갔다. 다시 제자리로 돌아와, 전주비빔이 지금 삼각김밥 세계에서 1~2위를 다투는 인기 상품이다 보니, 나오자마자 업계를 휩쓸며 '혜성 같은 신인'으로 등장했을 것 같지만 그렇지 않다. 전주비빔은 꽤 오랜 무명 시절을 겪었다. 가장 큰 이유는 시대가 비빔을 뒷받침하지 못했기 때문이다. 역시 사람은, 아니 김밥은, 시대를 잘 만나야 한다. 출세에도 조금은 운이 따르는 법이다.

초창기 삼각김밥은 특식이었다. 편의점도 특별한 곳이었다. "나 오늘 편의점이란 곳에 가봤다!" 하고 친구들에게 자랑하려고 7시에 명동 편의점 앞에서 만나자고 약속하는 것이 통통 튀는 X세대의 필수 조건이었던 시절에 비빔이라니. 전주비빔은 그 시절에 뭔가 좀 언밸런스했다. '참치마요' 정도는 되어야 그럴듯하고 새롭게 느껴졌다.

그 시절엔 편의점처럼 내부가 훤히 들여다보이는, 통유리로 된 가게도 흔치 않았다. 편의점이라는 점포의 등장은 그런 면에서도 꽤 신선했다. 창밖이 시원하게 보이는 편의점 내부 '시식대'라는 곳에 앉아 (*슈퍼* 안에 먹을 수 있는 공간이 있다니!) 눈 내리는 명동 거리를 바라보면서, 지나가는 사람들의 부러운 시선을 한몸에 느끼며, 우아하게 참치마요 삼각김밥을 즐기는 모습! 그 옆에 컵라면이 하나 있고, 컵라면 뚜껑 위에 나무젓가락 한 쌍을 가지런히 올려놓고 연인끼리 나란히 앉아 데이트를 즐기는 모습…. 당시 인기 드라마에 등장하는 '힙한' 풍경이었다. 그런 모습을 똑같이 재현하겠다고 우리 봉달호 씨 같은 X세대는 용돈을 모아 편의점으로 향했다고 한다. 자기가 무슨 차인표, 신애라, 최수종, 하희라쯤 되는 줄 알고.

삼각김밥이 서민 음식으로 보편화되면서 전주비빔도 인기를 누리기 시작했다. 그러니까 편의점에 대한 로망이 사라지고, 삼각김밥 가격이 물가에 비해 차츰 내려가고, 삼각김밥을 특식이 아닌 간편식으로 인식하기 시작하면서 전주비빔은 참치마요를 뒤쫓아 급부상했다. '대중'의 시대가 활짝 열린 것이다. 마침 그때 우리나라 대통령 이름도….

간편식은 말 그대로 간단해야 한다. 다른 음식과 굳이 곁들이지 않더라도 단독으로 자기 역할을 수행할 수 있어야 한다. 참치마요는 아무래도 라면을 끌어들인다. 그러나 전주비빔은 '개인플레이'가 가능한 삼각김밥이다. 단독자로서 역할을 훌륭히 소화한다.

서민이자 단독자. 이것이 전주비빔 삼각김밥의 양대 특징이다. 한국의 비빔밥도 그런 유래와 성격을 지니고 있지 않은가. 비빔밥이 서민 음식의 상징인 것처럼, 비빔 삼각김밥은 가장 서민적인 삼각김밥의 대표주자다. 아니지, 그냥 비빔이 아니라 꼭 '전주비빔'이라고 불러야 옳다!

완벽하다. 비빔이면서 특별하다. 전주비빔은 완벽하고 특별한 심각김밥이다. 기존 법칙을 넘어 새로운 법칙을 만든, 독보적인 비빔이다. 전주비빔은 이토록 장점과 특기가 많다. 작은 몸집 안에 익숙함과 특별함, 단독과 조화, 특수성과 일반성을 한데 버무린 균질하면서 다양한 김밥이다. 과연 완벽해!

삼각김밥이 가장 맛있는 시간

"자, 눈을 감고 어느 편의점 삼각김밥인지 맞혀 보세요!"

G사, C사, S사, E사 삼각김밥을 한데 모아놓고 반을 갈라봤을 때 어느 편의점 삼각김밥인지 알아 내는 일은 사실 그리 어렵지 않다. 참치마요의 경우 는 특히 그렇다. 편의점 회사마다 참치 덩어리 크기 가 다르고, 참치 양과 비율이 다르며, 마요네즈 풍미 가 다르다. 어쨌든 그것도 숱하게 썹고 뜯고 맛봐야 터득하는 달인의 경지이긴 하지만 '비교적' 쉽다는 말이다. 무엇에 비교하여 쉽냐면 전주비빔에 견주어 그렇다. 전주비빔 삼각김밥을 모아놓고 그 가운데 특정 편의점 상품을 골라내는 일은 참치마요보다 어 렵다. 상당한 미각이 필요한 일이다.

G사 전주비빔 삼각김밥은 참기름이 많이 들어 가 매우면서도 고소한 맛을 추구하며 밥알에 찰기가 있고, C사는 반대로 매운맛을 강조하여 자극적인 느 낌이 있으면서 밥알이 멥쌀에 가까운 강직한 느낌이 고, S사는 그 중간쯤 해당하는 스탠더드한 맛이지만 밥알이 다소 푸석하여 거칠고… 이런 식의 비교 평

가가 가능하다. 각각의 개성이라 말할 수 있을 것이다. 이것도 여러 전주비빔을 한데 모아놓고 맞혀보라고 하면 오히려 낫다. 차이를 비교하며 가늠할 수 있으니까. 하지만 제품 하나 달랑 내밀면서 "어느 편의점 전주비빔일까요?" 묻는다면 절대 미각이 필요하다. 숱한 삼각김밥 취식을 통해 혀에 일정한 '기준점'이 세워져 있어야 한다.

삼각김밥을 즐겨 먹는 고수들은 참치마요는 어느 편의점이 좋고 전주비빔은 어느 편의점이 좋다는 식으로 자기만의 뚜렷한 취향을 갖고 있다. 오늘은 간단하게 삼각김밥 하나만 먹을 거니까 전주비빔이 무난하니, ○○편의점. 오늘은 라면이랑 함께 먹을 거니까 참치마요가 어울리니, ○○편의점. 이러한 계획을 가지고 편의점 브랜드를 고른다. (능력자들은 다 '계획'이 있는 법이다.) 물론 삼각김밥 하나에 그런 깐깐함을 유지하는 사람이 과연 얼마나 되겠냐만, 내가 인간 세계를 관찰해보니 사람이란 존재는 신기하더라. 작은 차이를 발견하는 능력에서 기쁨과 즐거움을 찾는다.

그런 측면에서 봉달호 씨도 꽤 신기하고 엉뚱한

양반이다. 라면마저 신라면인지 진라면 매운맛인지 구별하지 못하면서 전주비빔 맛의 차이를 구분해보 겠다고 다른 편의점 삼각김밥을 구입해 블라인드 테 스트 훈련을 하고 있다. 삼각김밥 세계의 소믈리에, 이른바 '삼믈리에'가 되어보겠다나. 물론 두세 번 해 보더니 "에잇, 장사만 잘하면 됐지, 이런 거 해서 뭐 해!" 하며 포기하더라. 포기가 빠른 것은 봉달호 씨 의 다행스러운 장점이다. 삼믈리에는 되지 못해도, 세 번 만에 포기하는 '삼번리에' 자격은 충분하다.

그럼 여기서 느닷없는 질문. 삼각김밥이 가장 맛있는 시간은 언제일까?

삼각김밥이 맛있는 시간? 그야 배고플 때 먹으 면 가장 맛있지 않을까? 그렇다. 배고플 땐 뭐든 맛 있겠지. 한데 편의점 삼각김밥을 '가장 맛있는 상태 에서' 먹을 수 있는 시간은 따로 있다. 바로 삼각김 밥이 냉장 쇼케이스에 진열되기 전에 먹는 것이다.

①공장에서 삼각김밥을 만든다. ②트럭에 실려 전국 편의점으로 배달된다. ③편의점 점주와 알바들 이 삼각김밥을 냉장 쇼케이스(문이 달려 있지 않은 개방

형 냉장고)에 진열한다. ④여러분이 편의점에서 보는 모습으로 진열되어 있다가 판매된다.

이상이 삼각김밥이 공장에서 태어나 당신의 손까지 전달되는 과정이다. 삼각김밥을 가장 맛있게 먹는 방법은 ③단계 직전에 먹는 것이다. ④단계의 시간이 짧을수록 좋다. 그러니까 냉장 진열을 최단 시간으로 겪은 삼각김밥이 맛있다. 상식과 경험에 비추어 생각하면 된다. 갓 지은 밥이 맛있는가, 냉장고에 있던 밥을 전자레인지에 데워 먹는 것이 맛있는가? 말할 것도 없이 '갓 지은 밥'이다!

그러니 가장 좋은 방법은 ①단계 직후에 먹는 것이다. 공장에서 나오자마자 먹는 삼각김밥이 지상 최고로 맛있다. ②단계에서 사용되는 트럭도 냉장 트럭이니까 한 번도 냉장 기간을 거치지 않은 순결무구(?)한 삼각김밥이 모든 단계 중 최고다. 그런데 갓 만든 삼각김밥을 먹어보겠다고 공장 앞에 돗자리 깔고 기다릴 수는 없지 않은가. 결국 답은 ③과 ④ 사이에 있다. 삼각김밥이 오들오들 추위에 떨기 전에 어서 드시라. 그럴 땐 어떤 편의점 삼각김밥인지 따질 필요도 없이 다 맛있다.

　"일본에서 삼각김밥을 먹어보니 보들보들 맛있던데 우리나라 삼각김밥은 왜 그렇지 않죠?"

　나라의 앞날을 걱정하는 표정으로 심각하게 묻는 분들이 계신다. 그건 한국의 제조 공법이 뒤떨어져서가 아니다. 어차피 똑같은 설비, 비슷한 공법을 사용한다. 핵심은 대체로 온도에 있다. 일본 편의점에서 삼각김밥을 구입할 때, 삼각김밥 진열대에 손을 올려보시라. 따뜻함이 느껴질 것이다. 한국에서는? 말할 것도 없다. 우리나라 삼각김밥은 서늘한 냉장고 선반 위에 신선하게 진열되어 있다.

　일본의 삼각김밥 진열대 온도는 16~21℃. 따뜻하게 판매한다. 그럼 음식이 상하지 않을까 싶겠지만, 안 상한다. 어차피 삼각김밥이 공장에서 생산되어 편의점에 진열되는 시간은 24시간을 넘지 않는다. 20℃ 상온에 식품을 보관한다고 곧장 부패하지 않는다. 25℃를 넘지 않고 직사광선에 오래 노출하지 않으면 된다. 구입해 주머니나 가방 안에 방치하지 않으면 된다.

반면 한국의 삼각김밥 진열대 온도는 3~8℃. 여기서 맛의 차이가 생긴다. ①상온에서 만든 제품을 상온에 배송하고 상온에 진열했다가 전자레인지에 데우지 않고 그대로 먹는 삼각김밥. ②상온에서 만들었는데 냉장 상태로 배달해 냉장고 안에 진열했다가 전자레인지에 데워 먹는 삼각김밥. ①과 ② 가운데 뭐가 더 맛있을까?

물론 한국은 안전을 위해 냉장 보관하는 것이다. 만에 하나라도 식품안전사고가 발생해서는 안 되기 때문에 진열과 보관 기준을 엄격히 한다. 어찌 보면 우리는 안전을 위해 맛을 보류한 것이고, 일본은 맛을 위해 안전은 뒤로한(?) 셈이랄까. 뭐가 정확히 맞는지는 모르겠다만, 삼각김밥으로서 말하자면 그 중간쯤 어떤 해결 지점이 있지 않을까 싶다. 맛도 추구하고, 안전도 추구하고. 두 마리 토끼를 모두 잡을 수는 없는 걸까.

그러니 맛있는 삼각김밥을 먹고 싶다면 편의점 '도착 시간'을 노리시라. 편의점 앞을 지나가고 있는데 주차 구역에 트럭이 서 있고, 삼각김밥과 샌드위치, 도시락이 담겨 있는 플라스틱 상자를 배송기사님이 내리고 있다면, 당장 편의점에 들어갈 시간이다. 오늘 로또 맞았다 생각하고 묻지도 따지지도 말고 편의점에 들어가라. 그리고 직원에게 이렇게 말씀하시라.

"방금 들어온 저것 주세요!"

하루 세 번 만나요, 삼각 삼각 삼각

아침에 편의점 배달 트럭은 발견하셨는지?

삼각김밥이 맛있는 시간을 구체적으로 꼽으라
면 '아침'일 가능성이 높다. 편의점에 삼각김밥이 배
달되는 시간은 대체로 새벽 무렵이기 때문이다.

편의점 프랜차이즈 본사는 삼각김밥, 샌드위치,
도시락, 햄버거 같은 FF(프레시 푸드) 상품을 하루 두
번 전국 가맹점에 공급한다. 오전에 한 번, 오후에
한 번. 오전에 도착하는 FF를 1편, 오후를 2편이라 부
르는데, 1편이 편의점에 닿는 시간은 보통 자정부터
새벽까지다. 그러니 아침에 맛있는 삼각김밥을 영접
할 가능성이 확률적으로 높다는 비밀 아닌 비밀.

2편은 정오에서 오후 5시 사이 편의점에 배달된
다. 그런데 2편이 아예 없는 프랜차이즈도 있고, 수
도권에서만 1~2편을 나누어 운영하는 프랜차이즈
도 있다. 그러니 브랜드에 상관없이 삼각김밥이 맛
있는 시간을 꼽으라면, 굳이 꼽으라면, 역시 아침이
다. 일찍 일어나는 새가 가장 맛있는 삼각김밥을 먹
는다(The early bird catches the sweetest samgakgimbap).

좀 더 과학적인 방법을 알려달라고요? 아, 이런

것까지 가르쳐드리면 안 되는데…. 삼각김밥 포장지
에는 제조일은 물론 제조시간까지 표기되어 있다.
삼각김밥 포장지를 살펴보고 지금으로부터 가장 가
까운 시간에 제조된 상품을 찾으면 된다. 편의점 진
열 방식으로는, 가장 뒤쪽에 진열된 삼각김밥이 가
장 최근 만들어진 삼각김밥일 가능성이 높다.

갓 만들어진 삼각김밥을 찾으려면 진열대에 가
지런히 정렬되어 있는 삼각김밥을 하나씩 뒤적거리
며 찾아야겠지요. 그러나 그런 행위가 분명 아름다
운 모습은 아닐 겁니다. 쉿! 봉달호 씨에게는 내가
가르쳐줬다고 말하지 마세요. 유통기한이 지나지 않
은 상품은 어차피 똑같은데 왜 굳이 최신 것으로 고
르냐고 속으로 짜증내는 유별난 성깔을 지닌 양반이
거든요. 가장 새것을 고르더라도, 다른 손님을 배려
해 부디 조심조심 다뤄주시길!

* * *

오늘도 나는 편의점 진열대에 양반다리를 하고
앉아 인간 세상을 내려다본다. 봉달호 씨네 편의점

엔 아침에 손님이 몰린다. 후다닥 달려와 조금의 망설임 없이 쇼케이스 앞에서 참치마요 삼각김밥 하나 휙 낚아채 결제도 5초 만에 후딱 끝내고 달려나가는 저 여성 손님. 마음속으로 손님 별명 짓길 즐기는 봉달호 씨가 '1분 참치마요'라고 정해놓은 손님이다. 오늘도 8시 45분에 편의점에 들어와 46분에 나갔다. 전자레인지에 삼각김밥을 돌린 시간까지 포함하면 그야말로 초스피드.

아침마다 같은 시간에 찾아와 에쎄 담배 1mg을 사 가는 경영지원실 김 부장님, 새벽 청소 끝내고 요구르트 한 줄 사서 팀원들에게 돌리는 환경미화팀 최 여사님, 어제의 숙취를 달래기 위해 오늘의 컨디션을 찾는 인사팀 정 과장님 모두 변함없이 편의점을 찾으셨다. 계산대 줄 끝에 선 정 과장은 참지 못하고 삼다수 뚜껑을 열어 벌컥벌컥 들이마시며 자기 순서를 기다린다. 쯧쯧, 어제도 달리셨고만.

그렇게 한바탕 전쟁을 치르고 나면 오전 10시가 된다. 봉달호 씨네 편의점이 조금 한가해지는 시간이다. 알바 희숙 씨는 진열대에 부족한 상품을 채워 넣고, 봉달호 씨는 창고에 있는 상품을 매장으로 꺼내놓는다. 그러고 나면 11시. 지금부터 30분가량이 편의점 비공식 휴식 시간. 직장인들의 점심시간이 시작하는 11시 30분부터 또 한바탕 전쟁을 치러야 한다.

계산대에 있는 의자에 잠깐 엉덩이를 붙이고 앉아, 혹은 창고 진열대에 몸을 기대고 앉아 편의점 직원 모두가 스피커에서 흘러나오는 라디오 방송에 귀를 기울인다. 그사이 희숙 씨는 휴대폰 화면을 손가락으로 넘기며 뉴스 속보를 살피고, 봉달호 씨는 인스타그램을 열어 '좋아요'가 얼마나 늘었는지 확인한다. 하트 개수에 따라 그날 봉달호 씨의 컨디션이 달라진다. 오늘은 150개밖에 받지 못했다고 표정이 좀 시무룩하다. 못 말리는 유치짬뽕 봉달호 씨.

슬슬 여름이 다가오면 박명수와 제시카가 부른 〈냉면〉이란 노래가 라디오에 자주 나온다. "이빨이 너무 시려 냉면 냉면 냉면." 하면서 냉면이란 가사만 수십 번 반복된다. 세어보진 않았지만 족히 서른 번은 되는 것 같다. (정확히 서른여섯 번이라고 합니다.) 냉면, 냉면, 냉면, 냉면, 이거 은근 중독성 있는 노래다.

그러고 보면 한국에는 음식을 주제로 한 노래가 은근히 많다. 이름을 반복해 부르며 먹고 싶은 욕구를 한껏 자극한다. "빙수야 팥빙수야 녹지 마 녹지 마." 하는 윤종신의 〈팥빙수〉에는 빙수가 열일곱 번, 팥빙수는 스물여섯 번 나온다. "아메 아메 아메 아메" 하면서 아메를 열네 번 반복하다가 "아메리카노 좋아 좋아 좋아."를 발사하는 십센치의 〈아메리카노〉도 있다. 노라조라는 그룹은 노래 제목부터 〈카레〉〈빵〉〈야채〉〈고등어〉… 음식의 대향연을 벌인다. 그중 "가슴이 뻥 뚫린다 사이다, 갈증이 사라진다 사이다."라고 외치는 노래가 있다. 제목은 〈사이다〉. 가사 가운데 "우리는 연인 사이다."라는 대목이 우리 봉달호 씨의 유머 코드와 굉장히 일치한다. 이 노래엔 사이다가 모두 스물일곱 번 등장한다.

이쯤 되면 내가 무슨 말을 하려는지 짐작하실 텐데, 왜 삼각김밥 노래는 없단 말입니까. 전국 편의점에서 해마다 몇억 개씩 팔리는 '세기적 히트 상품'인데 말입니다!

사실 제목이 〈삼각김밥〉인 노래가 하나 있다.

"외로운 이 밤 눈치 없이 울려대는 꼬르륵 소리"

로 시작하는 노래다. '그런 노래가 있어?' 싶겠지만, 있다. 영화 〈플랜맨〉에 등장하는 곡이다. 게다가 무려(!) 한지민 님께서 부르셨다. 노래를 처음 들은 날, 감동받아 엉엉 울었다. 우리 삼각김밥의 마음을 이토록 잘 표현한 노랫말이라니! 아름다운 목소리로 부르는, 이토록 귀엽고 다정한 멜로디라니! "슬퍼 말아요 삼각김밥" "울지 말아요 삼각김밥"이란 노랫말 따라 나는 더 이상 슬퍼하지 않기로 했다. 울지 않기로 했다. "30초면 돼."라는 나긋한 속삭임을 기억하며 앞으로 나는 전자레인지에서 30초를 꿋꿋이 견디기로 했다.

〈삼각김밥〉을 만든 작곡가님과 영화를 만드신 감독님에게 축복과 경의를! 그리고 라디오 PD님과 작가님들, 제발 많이 많이 틀어주세요. 전국에 약 5만 개 편의점 가운데 종일 라디오를 듣는 편의점이 아주아주 많답니다!

여기에 욕심을 하나 보태자면, 좀 더 흥겨운 멜로디의 삼각김밥 노래가 있었으면 한다. (한지민 님께서 부른 노래는 잔잔하고 조용한 힐링송이랍니다.) 노랫말도 단순하면 좋겠다. 노라조 아저씨들 노래처럼 중독성이 있으면 좋겠다.

내가 가사를 적어보겠다.

　　아침에 찾아가도 맛있어 삼각 삼각 삼각/ 점심 저녁 한밤중에 먹어도 맛있어 삼각 삼각 삼각/ 언제나 당신 곁에 삼각 삼각 삼각/ 하루 세 번 만나요, 삼각 삼각 삼각 김밥 김밥 김밥/ 참치마요, 전주비빔, 소고기고추장/ 속은 다 달라도 삼각 삼각 삼각 김밥 김밥 김밥/ 전복버터, 대패삼겹살, 김치볶음/ 개성 있는 삼각도 많아 많아 많아/ 동그란 세상에 세모난 김밥으로 태어났어요/ 우리는 언제나 삼각 삼각 삼각 김밥 김밥 김밥/ 삼각관계 말고 삼각김밥/ 지금 편의점에서 만나 만나 만나

와, 중독성 장난 아니다! 노라조 아저씨들, 우리 어서 계약합시다. 음원차트 올킬합시다!

● 가수 이찬원이 부른 〈편의점〉이라는 노래도 있습니다. 노랫말이 참 좋아요. "오늘도 고생 많았다. 삼각김밥, 라면 하나. 사는 게 다 그런 거지." 캬,

우리 삶의 애환이 담긴 편의점 특급 힐링송!

●● 사족으로 덧붙이는 말. 노래 〈삼각김밥〉에 "30초면 돼."라는 가사가 있는데, 편의점 전자레인지는 출력이 높아 30초 돌리면 엄청 뜨겁습니다. 가정용 전자레인지는 30초지만 편의점에서는 20초가 적절해요. 포장지에도 그렇게 적혀 있어요. 물론 찬밥을 좋아하는 분들은 전자레인지에 돌리지 않고 바로 드시기도 하지요. 결국 사람 따라, 취향 따라 돌리는 시간은 다르긴 합니다. 아, 참. 제가 한지민 님의 미소를 보면서 마음이 따끈따끈 데워지는 데 걸리는 시간은 1초면 충분합니다.

그리고 하나 더. 전자레인지를 20초로 설정해놓고 19초나 18초 만에 작동을 멈추는 손님이 다섯 명 가운데 한 명입니다. 당신도 혹시?

삼각김밥 MBTI 검사

편의점은 무한한 추리의 공간이다. 매일 손님 수백 명이 오간다. 맥주, 담배, 생수, 껌, 라면, 우유처럼 단품을 사는 손님도 있지만, 몇 가지 상품을 같이 사는 손님도 있다. 이것과 저것을 왜 함께 샀을까, 편의점 진열대에서 물끄러미 인간 세상을 내려다보며 추리하는 재미 역시 쏠쏠하다.

담배, 초콜릿, 사탕을 함께 구입한 손님을 보고는 '저 손님, 요새 어지간히 스트레스를 받나 보다.' 하고 추측한다. 샌드위치와 햄버거, 삼각감밥 두 개, 그리고 600ml 콜라를 구입한 손님. 혼자 먹기에는 부담스러운 양이고, 콜라를 원 플러스 원으로 두 개 구입한 걸 보니 두 명이 드시려나 본데, 둘이 먹기에도 적은 양은 아니다. 아침부터 꽤 부담스러운 식사로군. 혹시 점심까지 드시려나? 이런저런 추리를 펼친다. 삼각김밥 모서리에 물음표가 둥실 떠오른다.

저녁에 맥주를 사면서 항상 참치 캔을 같이 구입하는 손님이 있다. 맥주와 오징어, 땅콩, 게맛살, 크래커의 연결은 일반적이지만, 맥주와 참치 캔이라니! 물론 그것도 제법 괜찮은 안줏감이지만 자신의 음주 상식으로는 도무지 용납이 되지 않았는지 어느 날 봉달호 씨가 손님에게 넌지시 물었다.

"맥주에 참치를 안주로 드시면 맛있나요?"

그는 별 희한한 사람 다 본다는 표정으로 봉달호 씨를 가볍게 쏘아보더니 무뚝뚝하게 말했다.

"제가 먹으려는 게 아니라 옆 골목 길냥이들 줄 거예요."

하여간 오지랖 넓고 어설픈 우리 봉달호 씨. (길냥이를 살뜰히 챙기는 손님에게는 서비스 좀 팍팍 드려야 합니다.)

＊ ＊ ＊

삼각김밥과 컵라면의 조합은 언제나 자연스럽다. 참치마요는 얼큰한 라면, 전주비빔은 인스턴트 우동이나 컵쌀국수 등의 조합이 어울린다. 그런데 삼각김밥에 라면까지 먹기엔 부담스러워 그냥 음료수만 곁들여야겠다고 생각할 때는 어떤 음료가 적당할까?

봉달호 씨가 '아침햇살 부장님'이라고 별명을 붙인 남자 손님이 있다. 실제 직급이 부장인지는 알

수 없지만, 겉모습에서 전형적인 부장님 포스가 느껴져 별명을 그렇게 정했다고 한다. 그 손님은 아침마다 '아침햇살'이라는 음료수를 하나씩 사 갔는데, 보름달 빵 하나에 아침햇살 하나, 삼각김밥 하나에 아침햇살 하나, 햄버거 하나에 아침햇살 하나, 늘 이런 식이었다. 중년 감성 가득한 클래식한 조합이다. 사실 아침햇살 같은 곡물음료는 어떤 먹거리와도 잘 어울려 포만감을 선사한다. 삼각김밥 중에서는 전주비빔이나 소고기고추장처럼 약간 매운맛 나는 녀석들과 더 잘 어울린다.

삼각김밥엔 그냥 생수가 좋다는 손님도 있다. 삼각김밥 본연의 맛을 느낄 수 있어 그렇다나. 다른 음료를 곁들이는 것보다 속 재료의 맛을 그대로 느낄 수 있고, 목 넘김이 자연스러워 좋다고 한다. 삼각김밥에 대한 투명한 진심이 느껴지는 조합이 아닐 수 없다.

청량감을 더하려면 사이다 또는 콜라와의 조합도 괜찮은데, 하나를 고르자면 사이다가 낫다는 손님이 많다. 콜라의 강한 단맛보다 사이다의 시원함이 삼각김밥의 맛을 살려주기 때문 아닐까. 물론 콜라주의자들이 들으면 콜라를 잘 모르고 하는 소리라며 코웃음을 칠 주장이지만.

삼각김밥과 보리(또는 옥수수, 결명자) 음료, 삼각김밥과 우유(또는 요구르트), 삼각김밥과 커피(또는 초코음료)의 조합도 있다. 지나친 추리긴 하지만 삼각김밥과 함께 구입하는 음료를 통해 손님의 성향을 상상하기도 한다. 삼각김밥에 우유를 곁들이는 그룹은 안정을 추구하는 '용의주도한 전략가(INTJ)'와 성인군자형인 '호기심 많은 예술가(ISFP)' 성향이 느껴지고, 삼각김밥과 커피 그룹은 진취적 열정을 지닌 '대담한 통솔자(ENTJ)'거나 어떠한 상황에서도 긍정적으로 낙관하는 '열정적인 중재자(INFP)' 성향 아닐까. 삼각김밥과 하늘보리 그룹은 보수적인 차분함으로 무장한 '논리적인 사색가(INTP)'나 '엄격한 관리자(ESTJ)', 그리고 통통 튀는 삼각김밥과 사이다 그룹은 '뜨거운 논쟁을 즐기는 변론가(ENTP)' 혹은 '만능 재주꾼(ISTP)' 스타일이 느껴진다.

이상, 편의점 삼각김밥과 음료의 조합을 통해 알아본 내 마음대로 MBTI 유형이었습니다. 당신은 어디에 해당되시나요?

INTJ ISFP			INTP ESTJ
안정을 추구하는 스타일	우유 요구르트	물 곡물음료	보수적인 차분함이 엿보임
진취적 열정과 낙관이 돋보임	커피 초코음료	탄산음료	논쟁을 좋아하고 용감함
ENTJ INFP			ENTP ISTP

　　삼각김밥 포장지를 뜯는 방법에서도 성격과 성향이 드러난다. '정석'은 중앙 절취선을 먼저 뜯어낸 다음 양쪽으로 갈라내듯 비닐을 뜯고, 왼쪽 혹은 오른쪽 직각 삼각형 비닐 하나는 버리고 다른 하나는 다시 김밥에 씌워 그 부위를 잡고 먹는 순서다.

　　포장지를 제대로 뜯을 수 있는지에 따라 '세대'를 가늠하기도 한다. 삼각김밥을 앞에 놓고 도대체 어떻게 해야 할지 몰라 쩔쩔매고 있다면 당신은 '아침햇살 부장님'보다 연배가 높을 가능성이 높다.

　　삼각김밥 중앙 절취선을 뜯고 왼쪽을 남기느냐 오른쪽을 남기느냐, 그것에 따라 좌파와 우파로 나뉜다. 좌파는 왼쪽 모서리를 잡고 오른쪽 모서리부터 먹고, 우파는 오른쪽 모서리를 잡고 왼쪽부터 먹는다. 오른손잡이가 좀 더 많으니 우파가 더 많을 것 같지만 꼭 그렇지만은 않다. 음료와 함께 먹어야 하니 좌파가 의외로(?) 많다. 좌파든 우파든 삼각김밥 하나를 다 먹게 되는 결과는 똑같은데 인간들은 왜 그렇게 '어느 쪽이냐?'를 따지는지 모르겠다.

절취선 따라 순서대로 포장을 뜯는 방식을 따르지 않고 포장지를 통째로 뜯어 분해한 다음, 김과 밥을 완전히 따로 분리해 다시 결합하는 방식으로 드시는 손님도 종종 목격한다. 그러니까 '스스로 만들어 드신다'고나 할까. 이런 손님이 의외로 많다. 성미가 급하거나 대단한 완벽주의자구나 싶다. 그런데 봉달호 씨는 "그냥 뜯는 방법을 몰라서 그러는 것 아닐까?" 하고 시큰둥하게 평가하더라.

아침햇살 음료수는 180ml짜리 조그만 유리병에 든 제품이 있고, 340ml, 500ml, 1.5L짜리 페트병까지 다양한 크기가 있다.

아침햇살 부장님은 꼭 꼬마 병에 든 조그만 아침햇살을 구입하셨는데, 어느 날 편의점 본사에서 꼬마 병 공급을 중단했다. 페트병 제품보다 판매량이 저조해 그랬을 것이다. 편의점엔 이런 일이 흔하게 발생한다. 팔리지 않으면 전국 가맹점에 공급을 중단해버린다. (싸늘한 약육강식의 편의점 세상!)

손님이 즐겨 찾던 제품이 그렇게 단종되면 봉달호 씨는 무척 미안해한다. "저… 손님, 이런 말씀드려 참으로 송구스럽습니다만…." 하고 잔뜩 뜸 들이면서 아침햇살 부장님께 꼬마 병 단종이라는 안타까운 소식을 전했다. "이 제품이 조만간 나오지 않게 됩니다…." 이럴 때 보면 봉달호 씨는 꽤 귀여운 구석이 있다.

아침햇살 부장님은 대수롭지 않다는 표정으로 대답했다.

"그럼 베지밀 먹으면 되지요."

역시 부장님! 와따!

너 오늘 삼각삼각해

삼각김밥 하나의 무게를 아시는지? 드디어 내 몸무게를 공개할 차례.

종류마다 다르지만 삼각김밥 한 개의 무게는 100~130g쯤 된다. '더 큰'이란 수식어를 붙인 150g짜리 삼각김밥이 있고, 서로 다른 맛을 하나로 묶어 '커플'이란 이름을 붙인 삼각김밥도 있지만, '솔로'로 데뷔할 때 평균 몸무게는 그렇다. 어림잡아 120g이라 하자.

120g이 대체 어느 정도인지 가늠이 안 되는 분들도 계실 텐데, 성인 남자 주먹만 한 크기의 사과 하나가 300g이라고 한다. 그러니 사과 반쪽 무게에 해당하는 셈이죠. 아니, 성인 남자 주먹도 사람마다 다르다고 반론을 제기할 분들이 많을 텐데….

그러니 이참에 이야기해봅시다. 그 '1인분'이라는 무게 말입니다. 식당마다 다르지만, 대략 삼겹살 200g을 1인분이라고 한다. 소고기 1인분은 150g, 어떤 식당은 130g을 1인분이라고 정해놓는다. 아니, 상추에 싸서 네댓 점 집어 먹으면 흔적도 없이 사라져버리는 분량이 1인분이라니! 식당 사장님들 너무하셨다. 기준, 기준, 기준, 누구의 기준이냐 말입니까!

(봉달호 씨 기준으로 소고기 1인분은 400g 정도는 되어야 하는데 말입니다.)

아무튼 삼각김밥 한 개의 양이 많은지 적은지는 오롯이 각자 판단할 몫이다. "배고플 때 먹으면 적게 느껴지고 배부를 때 먹으면 많게 느껴진다." 이것이 아마 정답이리라. 입으로 들어가는 모든 음식이 다 그렇듯.

그럼 햇반 하나의 중량은 알고 계십니까? 일반 햇반은 210g. 밥 한 공기 정도 무게다. '작은 햇반'이란 상품도 있는데 그건 130g. 그 애는 우리 삼각김밥 몸무게와 얼추 비슷하다. 그러니까 삼각김밥은 '작은 햇반' 수준인 거다. 아니, '작은 햇반'이 삼각김밥과 경쟁하기 위해 태어났다고나 할까.

공깃밥에 대응하기 위해 햇반이 나오고, 삼각김밥의 자리를 비집고 들어가기 위해 작은 햇반이 등장했다. 얌체 같은 햇반 녀석들. 달랑 라면 하나만 먹기 아쉬울 때, 그렇다고 밥 한 공기는 너무 많아 부담스러울 때, "삼각김밥 말고 햇반도 있어요!" 하며 새치기하려고 태어난 녀석이 작은 햇반이다. 내 마음대로 뇌피셜이긴 하지만, 하여간 괘씸한 녀석.

편의점에서 삼각김밥과 햇반 진열대는 대체로 마주 보거나 나란히 있다. 이웃치고 사이좋은 이웃 드물다더니, 우리는 그렇게 편의점에서 경쟁한다. 라면도 삼각김밥 진열대 근처에 두는 경우가 많은데, 라면은 삼각김밥의 이웃이 아니라 '가족'이기 때문에 그렇다. 라면아, 사랑해. 삼각김밥은 햇반을 싫어하고 라면을 사랑한다.

그런데 말이다, 햇반이 아니라 사실 '즉석밥'이라 불러야 정확한 표현이다. '햇반'은 상표명, 그러니까 고유명사에 해당한다. 즉석밥을 통째로 햇반이라고 부르면 '오뚜기밥' '쎈쿡'을 비롯해 세상 온갖 즉석밥들이 섭섭해할 노릇이다. 실제로 손님이 봉달호 씨에게 "햇반 어딨어요?" 하고 물을 때, 진열대에 앉아 있는 오뚜기밥 녀석들이 심히 서글픈 표정을 짓는 모습을 여러 번 목격했다. 독자 여러분의 빠른 이해를 위해 저도 일단 '햇반'이라 부른 것이니 세상 모든 즉석밥에게 깊은 사과의 말을 전합니다.

바꿔 말하자면 햇반 이외의 즉석밥 여러분, 성공을 위해 더욱 분발해주시길. 파이팅!

다음 순서. 삼각김밥 하나의 열량은 얼마나 될까?

　일반적인 삼각김밥은 150~200kcal쯤 된다. '더 큰'이란 완장을 두른 녀석들은 300kcal에 이르기도 한다. 이 정도 열량이 어느 정도인지 역시 잘 가늠이 되지 않으실 텐데, 성인 하루 권장 칼로리가 (성별, 키, 나이, 몸무게 등에 따라 다르기는 하지만) 약 2,500kcal다. 그러니까 삼각김밥 하나로는 하루 필요한 열량의 10%도 채우지 못한다는 사실이다. 끼니마다 800kcal를 채워야 한다면 삼각김밥을 네댓 개쯤 먹어야 그 정도 열량에 닿는다.

　"삼각김밥 하나로는 생활에 필요한 열량을 채우기에 턱없이 부족하다."라고 걱정하는 신문 기사가 있던데, 인간들은 이래도 걱정, 저래도 불만… 걱정과 불만이 팔자다. 바꿔 생각해보면 삼각김밥이야말로 훌륭한 다이어트 식품이라는 말 아닌가! 그만한 크기에, 그 정도 가격, 어디서든 쉽게 구입해 간단하게 먹을 수 있으며, 열량은 낮고, 그러면서 포만감을 줄 수 있는 이만한 식품이 어딨단 말인가. 세계 최고 다이어트 식품이다.

다 받아들이기 나름인데 인간들은 꼭 한 방향으로만 생각한다. 자료를 찾다 완전히 상반되는 내용도 봤다. 이번에는 삼각김밥 하나의 열량이 너무 높으니 주의해서 먹으라는 어느 블로거의 경고 글이었다. 역시 세상만사 해석하기 나름이다. 그러니 인간들이여, 부디 복합적으로 사고하시길! 삼각김밥 주제에 철학자인 척하며 무엄하게 인간님들을 꾸짖었구나.

하지만 여기에 또 함정이 있다. 삼각김밥 하나만 달랑 먹는 사람은 그리 많지 않다. 삼각김밥과 흔히 짝꿍을 이루는 육개장 사발면 열량은 375kcal. 그러니까 삼각김밥이랑 육개장 사발면을 같이 먹으면 성인 한 끼에 필요한 열량은 거의 채운다. 참고로 설렁탕이나 갈비탕 한 그릇 열량은 500~600kcal, 짜장면은 800kcal, 볶음밥은 700kcal쯤 된다. '칼로리 폭탄'이라 불리는 피자는 한 조각에 300kcal, 돈가스는 700kcal 정도다.

그런고로, 삼각김밥+컵라면 조합은 웬만한 설렁탕이나 볶음밥보다 훌륭하다. 칼로리로만 따지면 그렇다는 말이다. 물론 탄수화물, 단백질, 지방 같은 영양성분까지 고려하면 계산이 복잡해지고, "삼각 김밥에는 나트륨 함량이 많던데요?"라고 딴죽을 거는 분도 있겠지만, 나트륨 함량으로 따지자면 식당 음식은 오죽한가. 따라서 바꿔 말하자면, 삼각김밥은 저렴한 가격에도 불구하고 영양소와 열량을 동시에 제공하는, 가성비 갑이자 '든든한 한 끼 건강식'이라고 나만의 높은 자부심을 가져보련다. 삼각김밥은 건강식이다!

＊ ＊ ＊

여기서 끝이 아니다.

삼각김밥+컵라면으로 끝나면 좋은데, 거기에 달걀 하나를 추가하는 손님이 많다. 그리고 볶음김치 한 봉지를 계산대에 올려놓는다. 다 먹고 나서 음료수까지. (바로 당신의 모습 아닌가요?)

달걀 열량은 삶느냐 굽느냐에 따라 다르지만 대체로 70~90kcal. 볶음김치는 약 60kcal. 음료 역시 종류마다 다르지만 콜라와 사이다 한 캔은 100kcal, 과일음료는 60~80kcal, 우유는 120kcal쯤 된다. 결국 '삼각김밥+컵라면+반숙란+볶음김치+콜라' 조합이면 700~800kcal가량 된다.

뭐 이렇게 해도 짜장면 한 그릇 정도의 칼로리밖에 되지 않지만, 얻을 수 있는 포만감은 어머어마하다. '삼각김밥+컵라면+반숙란+볶음김치+콜라' 이런 독수리 오형제 조합으로 만찬을 즐기고 나면 봉달호 씨도 트림을 몇 번씩 하면서 튀어나온 배를 탕탕 두드리더라.

아무리 생각해도 삼각김밥은 역시 가성비의 끝판왕. 충분한 한 끼 식사가 되고, 최고의 다이어트 간편식이 된다. 그러니 삼각김밥 함부로 무시하지 마시라. 당신은 삼각김밥만큼 가성비 높게 살아본 적 있는가. 역사상 이렇게 삼각삼각한 식품을 본 적 있는가.

삼각삼각하다 [三角三角하다]
형용사
1. 상태나 정도가 매우 적당하고 균형 있다. 또는 완벽하다.
　　—김 대리가 쓴 보고서, 굉장히 삼각삼각해!

2. 마음에 꽉 찰 정도로 듬직함이 있다.

　—제페토 할아버지는 피노키오를 삼각삼각한
눈빛으로 바라보았다.

　3. 작지만 실속이 있다.

　—최근 출시된 핸드폰이 꽤 삼각삼각하다는 호
평이 이어지고 있다.

　● 뜬금 퀴즈. '삼각김밥의 날'이 몇 월 며칠인지
아시는지? 당연히 3월 3일이랍니다. 한국편의점협
회에서 정한 날입니다. 빼빼로데이보다 흥해라, 삼
각김밥의 날!

그렇게 오늘도 우리는

사랑의 유효기간은 언제까지일까?

이러니 꼭 로맨스 소설 제목 같다만, 보고 싶어 애면글면 속 태우며 그이를 바라보기만 해도 눈에서 불꽃이 튀는 열정적 사랑의 유효기간은 얼마 되지 않는 것 같다. 그 뒤로는 잔잔함으로 미소 짓고, 애틋함으로 보듬고 지켜주며, 따뜻함으로 함께하는 시간 아닐까. 정열만이 사랑의 전부는 아닐 것이다.

봉달호 씨의 사랑도 그랬다. 처음엔 편의점을 오픈하면 삼각김밥을 실컷 먹을 수 있겠다고 좋아하더니 어느 순간 시큰둥한 시선으로 나를 바라보고 있더라. '폐기'가 쌓이면서 그랬다.

편의점에서 판매하는 도시락, 삼각김밥, 샌드위치, 햄버거, 우유 같은 상품은 유통기한이 지나면 어떻게 하나요?

어떡하긴. 모두 버린다. 편의점 점주들은 그것을 '폐기 났다'고 말한다. 과자나 음료수 같은 경우는 프랜차이즈 본사에서 회수해 집중 폐기했었으나 지금은 이것도 가맹점주가 직접 처분해야 한다. 처리하는 방법은? 먹거나 버린다. 혹은 믿을(?) 수 있는 사람에게 주거나. 장사를 시작하고 처음 폐기가 나오면 초반에는 (속없이) 좋아한다. 식비를 아껴 좋구나! 역시 편의점 점주가 되길 잘했어! 아침은 폐기 도시락, 점심은 폐기 삼각김밥, 저녁은 폐기 햄버거와 우유, 밤참으로는 폐기 샌드위치…. 즐겁게 삼시세끼와 간식까지 모두 편의점에서 때운다. 퇴근 후 집으로 돌아가면서 '오늘 도대체 얼마를 절약한 거야?' 하고 뿌듯해한다.

하지만 그것도 하루 이틀. 아침 도시락, 점심 삼각김밥, 저녁 햄버거, 아침 샌드위치, 점심 삼각김밥, 저녁 도시락, 아침 삼각김밥, 점심 도시락, 저녁 샌드위치, 아침 햄버거, 점심 삼각김밥, 저녁 도시락, 다시 아침 삼각김밥… 이렇게 보름만 먹어보시라. 삼각김밥 냄새만 맡아도 밀어내고 싶을 거다. 봉달호 씨는 그렇게 우리를 멀리하기 시작했다.

한때는 "먹는 것 버리면 벌 받는다." 하면서 요구르트 하나라도 빠뜨릴라 바리바리 가방에 담아 챙겨 가더니, 어느 순간부터 포장을 거칠게 뜯어 음식물 쓰레기통에 휙 던져버리더라. 바로 그 순간이 '편의점 인간'이 되어가는 시작점이자 열정적 사랑의 유효기간이 끝나는 종착역이다. 상품에 감정이 없어지고 폐기에 무감각해진다.

* * *

물론 우리 사이에도 달콤했던 때가 있었다. 봉달호 씨는 폐기 삼각김밥을 집으로 가지고 가서 다양한 방법으로 조리해 먹었다. 볶아 먹고, 비벼 먹고, 튀겨 먹고, 끓여 먹고.

그중 유통기한 지난 줄김밥을 요리해 먹는 방법을 먼저 소개한다. 편의점 점주들이 애용하는 레시피는 동그란 김밥에 달걀물을 하나씩 입혀 프라이팬에 부쳐 먹는 방법이다. 근사한 김밥전이 된다. 고소하고 맛있다. 김밥 속에 단무지가 있기 때문에 특별히 간을 할 필요는 없는데, 식성에 따라 소금을 살짝 뿌려 짭조름한 맛을 더해도 좋다. 남은 달걀은 지단처럼 얇게 부쳐 반찬으로 삼는다.

삼각김밥은 일단 집 냉동고에 넣어두고 필요할 때 하나씩 꺼내 전자레인지에 해동해 볶아 먹는다. 냉동고에 오래 있다 보면 밥알 상태가 고들고들해지는데, 그래서 볶음밥을 해 먹기 딱 좋다. 프라이팬에 기름을 두르고 삼각김밥의 김을 벗겨내 볶기만 하면 끝. 마지막으로 참기름 한 숟가락 추가하고, 참깨가루 솔솔 뿌려 접시 위에 올려놓으면 그럴듯한 볶음밥 한 접시가 완성된다. 더욱 요리스럽게 만들려면 당근, 양파, 피망 등을 잘게 썰어 함께 볶으면 좋다. 처음 프라이팬에 기름을 두를 때, 대파를 먼저 볶아 파기름을 만들면 '백종원스러운' 요리가 탄생한다.

삼각김밥을 볶음밥으로 재탄생시킬 때는 전주비빔, 소고기고추장, 스팸김치볶음, 춘천식닭갈비 같은 친구들이 매력을 뽐낸다. 이런 삼각김밥에는 이미 양념이 충분히 되어 있기 때문에 특별한 첨가물이 필요 없다. 애초에 완벽한 녀석들인데 그것으로 볶음밥을 만들고, 달걀프라이 하나 부쳐 위에 올린 후, 후추까지 살짝 뿌리면 캬— 감탄사가 절로 나오는 맛이다.

완성된 볶음밥에 케첩을 얹으면 더 완벽해진다. (이왕이면 케첩 대신 폐기 햄버거에 들어 있던 일회용 소스를 재활용한다.) 거기에 김가루까지 뿌리면 지상 최고로 완벽하다. (김가루도 폐기 삼각김밥에서 떼어낸 김을 살짝 구워 재활용한다.) 굴소스를 사용해 볶으면 우주 최고로 완벽하겠지만, 폐기 도시락에 들어 있는 돈가스 소스를 재활용하는 점주도 있다. 세상 만물이 이렇게 편의점 안에, 아니 폐기 식품 안에 다 들어 있다.

여기에 더 진화한 방식이 있다. 폐기 햄버거의 패티 부위만 떼어내 고기처럼 굽고, 거기에 소스 뿌려 볶음밥 옆에 놓는다. 또 폐기 샌드위치 속의 채소만 덜어내 샐러드처럼 볶음밥 옆에 놓는다. 방울토마토로 예쁘게 귀퉁이를 장식한다. 캬— 유통기한 지난 상품들을 모아 만든 요리라고 감히 상상이나 할 수 있겠는가. "식당에서 12,000원 받고 팔아도 되겠다!" 봉달호 씨는 홀로 탄성을 지르곤 했다. 나는 정말 요리에 소질이 있나 봐, 편의점 말고 식당 차릴까, 중얼거리는 소리도 들렸다.

그날을 기억한다. 추적추적 가을비가 내리는 일요일이었다. 봉달호 씨는 원래 계획했던 캠핑을 취소하고, 친구를 초대해 근사한 요리를 만들어주겠다고 호들갑을 떨었다. 냉동고에서 삼각김밥을 꺼내 전자레인지에 돌리고, 간장, 굴소스, 대파, 참기름에 달달 볶는다. 그 위에 명란과 아보카도를 듬뿍 얹고, 참깨, 김가루, 쪽파를 송송 썰어 올린다. 짜잔! '아보카도 명란 덮밥'이 탄생하는 순간이다.

그런데 가만. 1,200원짜리 삼각김밥 하나 살려 보겠다고 명란, 아보카도, 참깨, 쪽파… 5,000원이 넘는 부재료를 투입해버렸네? 배보다 배꼽이 더 큰 '언밸런스 덮밥'인 건 맞지만 친구가 맛있다고 눈을 크게 떴으니 그깟 재료 값이 아까울까. 빗소리 들으며 아보카도 명란 덮밥에 맥주 한 캔씩 먹으면서 고교 시절 이야기로 밤새 깔깔거렸다. 웃음소리에 내 마음 역시 포근해졌다. 우리에겐 그런 추억의 날들이 있었다.

눈물겨운 날도 있었다. 편의점을 오픈한 지 3개월쯤 됐을 때였나. 봉달호 씨가 지독한 감기에 걸린 날이었다. 하루 24시간, 야간 근무까지 도맡으며 편의점 매출을 올려보겠다고 그리 욕심을 부리더니 끝내 앓아누웠다. 미련곰탱이.

지독한 인생사를 거치며 봉달호 씨가 혼자 살 때였다. 비틀비틀 일어나더니 느닷없이 냉장고를 뒤적거리는 것 아닌가. 쌀통에는 쌀이 없었다. 그러다 냉동 칸에 있는 참치마요 삼각김밥 하나를 꺼내 냄비에 넣고 물을 부은 뒤 팔팔 끓이기 시작하더라. 15분 정도 끓이니 엉성한 참치죽이 되었다.

방바닥에 깔린 신문지에 참치죽(이라고 말하기에도 애매한 것)을 냄비째 올려놓고 어떻게든 기운 내서 일하러 가겠다며 한 숟가락 한 숟가락 떠서 삼키는 봉달호 씨의 측은한 뒷모습을 보니 내 마음이 짠해지더라. 숟가락 위로 투명한 무엇이 툭 떨어져 반짝 빛나는 것이 보였다.

먹고살기 위해 치열하게 밥벌이하는 일상에 누군들 애환이 없을까. 편의점 진열대에 앉아 밥벌이의 고단한 풍경도 많이 봤다.

봉달호 씨네 편의점은 어느 회사 건물 지하에 있다. 하루는 그 회사에 들어온 지 얼마 안 된 막내 사원이 점심때를 놓쳤는지 오후 2시쯤 편의점에 달려와 삼각김밥을 구입했다. 급히 소고기고추장 삼각김밥 하나를 골라, 20초도 아까운지 15초 만에 전자레인지에서 꺼내 허겁지겁 베어 물더라. 허공을 향해 긴 한숨을 내뱉는 소리가 들렸다. 그녀는 시식대에 선 채 삼각김밥 하나를 금세 다 먹고 다시 뛰어나 갔다. "엄마, 나 합격했어!" "오구오구 장하다, 우리 딸!" 그렇게 들어온 회사였겠지. 물이라도 챙겨 마시지…. 체하면 어쩌려고. 엄마 목소리가 허공에 울린다.

누군들 눈물 젖은 밥이 없을까. 오늘도 누구는 삼각김밥 한 귀퉁이를 서둘러 베어 물고, 누구는 유통기한 지난 삼각김밥을 버리지 못해 챙겨 가고, 누구는 폐기 처리된 삼각김밥을 먹으며 시급 만 원이 채 되지 않는 편의점 알바로 하루를 버티고, 누구는 삼각김밥으로 만든 어설픈 참치죽을 먹고 일터로 향한다. 오늘도 우리는 그렇게 살아간다. 사연은 달라도, 눈물은 다 짜다.

✳ ✳ ✳

우울한 이야기는 이쯤 하자. 편의점 폐기 식품은 봉달호 씨네 편의점에서 다양하게 다시 태어난다. 그중에서도 폐기 햄버거를 재활용해 마늘빵을 만든 것은 정말 기발했다! 편의점에서 판매하는 햄버거의 빵은 수분을 머금어 약간 촉촉하다. 거기에 다진 마늘을 바르고 전자레인지에 2~3분 돌리면 그럴듯한 마늘빵이 탄생한다. 마늘을 바를 때 버터까지 입혀주면 단연 최고.

자신감이 생겼는지 손님이 뜸한 어느 한적한 오후에 봉달호 씨가 또 마늘빵을 만들겠다고 나섰다. 편의점이 좋은 점은 20평 작은 공간 안에 웬만한 식재료가 다 있다는 사실. 진열대에 있는 일회용 큐브 버터를 집어 들고, 폐기한 1,000원짜리 간 마늘 한 봉지를 챙겨 시식대로 향했다. 봉달호 셰프의 뚝딱뚝딱 요리 타임이 시작됐다. (무엇을 이용해 마늘을 다졌는지는 굳이 밝히지 않겠다.) 그렇게 준비한 재료를 전자레인지에 넣고 계산대로 돌아와 신입 알바 앞에서 한껏 자랑스러운 목소리로 말했다. "3분만 기다려봐. 인생 마늘빵을 먹게 해줄게! 우하하하하." 어깨에 힘이 잔뜩 들어가 있다.

말하자마자 곧바로 손님이 몰려왔다. 봉달호 씨와 알바는 열심히 계산에 전념하는데…. 어? 저게 뭐지? 전자레인지 쪽에서 검은 연기가 치솟는 것 아닌가. 멍청한 봉달호 씨. 전자레인지를 3분이 아니라 13분으로 설정해놓은 것 같다. 물론 그는 극구 부인했다. 자기가 그런 실수를 할 리 없다며, 전자레인지가 이상하다며 낡은 전자레인지 탓으로 모든 것을 돌렸다.

아무튼 그날 문 열고 냄새 빼고 전자레인지 내부 청소하느라 신입 알바가 고생 많았다. 근무 첫날부터 인생 마늘빵이 아니라 인생 일대 결심을 했다고 한다. 이 점주의 설레발을 다신 믿지 않으리라.

그 밖에도 폐기 샌드위치로 멘보샤를 만들어보겠다고 허풍 떨다가 빵을 다 태워 먹은 사건(기름은 기름대로 낭비했다.), 폐기한 삶은 달걀을 전자레인지에 돌렸다가 병원에 실려 갈 뻔했던 사건(이건 절대로 따라 하면 안 된다. 엄청 위험하다.) 등이 있지만 봉달호 씨의 명예와 인격을 존중해 이쯤에서 폭로를 자제하겠다.

지금 이 시각에도 봉달호 씨는 편의점 창고에서 폐기 도시락 하나를 이리저리 살펴보며 재활용 방법을 연구하는 중이다. 저러다 오늘 또 사고 치겠군.

편의점을 바꾼 이유

편의점에서 삼각김밥을 먹다가 이건 정말 아니다, 도저히 못 먹겠다 싶을 때… 어떡하겠는가? 다시는 그 편의점에 가고 싶지 않을 것이다. 봉달호 씨가 편의점을 '바꾼' 이유도 그것 때문이었다. 손님들만 편의점을 바꾸는 것이 아니다. 편의점 점주들도 편의점을 바꾼다. 이 브랜드에서 저 브랜드로 편의점 간판을 바꾼다. 우리 동네 편의점 브랜드가 바뀌었는데 주인은 그대로인 경우를 종종 봤을 것이다.

편의점 브랜드, 몇 개나 아시는지? GS25, CU, 세븐일레븐, 이마트24. 한국에서 흔히 볼 수 있는 편의점 간판이다. 집 주위에 몇 개쯤은 있겠지요. 가맹점을 각각 5,000개 이상 갖고 있는 이 브랜드들을 흔히 '메이저 4사'라고 부릅니다. 그런데 이런 편의점 외에도 소규모 독립형 프랜차이즈가 있고, '철수네 편의점'처럼 세상에 하나밖에 없는 이름을 내건 개인 편의점도 있다. 간혹 길을 가다 "어? 저런 편의점도 있네?" 하고 봤을 희귀한 편의점 말이다. 봉달호 씨도 처음 편의점 영업을 시작할 때, 그런 '독립형 편의점'으로 문을 열었다.

과거에는 편의점 삼각김밥의 맛이 브랜드마다

크게 다르지 않았다. 회사는 달라도 어차피 같은 공장에서 생산한 제품이기 때문에 그랬다. 프랜차이즈마다 똑같은 외부 공장에 주문을 넣어 삼각김밥을 생산했다. 물론 쌀과 김, 속 재료, 제조 공법은 약간씩 달랐지만 한 공장에서 만들다 보니 레시피는 쉽게 흘러나갔고, 당연하게도 맛이 차츰 비슷해졌다. 그러다 가맹점 숫자가 늘면서 대형 프랜차이즈는 제조 공장을 직접 운영하기 시작했고, 가맹점에만 자신의 상품을 독점 공급했다. 삼각김밥 맛과 가격의 차이도 이때부터 생겨나기 시작했다.

당신이 식당을 운영한다고 생각해봅시다. 손님이 음식을 많이 남기고 갔다. 어떻게 하겠는가?

집념의 주인장이라면 먹어본다. '대체 왜 남겼을까?' 하면서 손님이 남긴 음식을 먹어볼 것이다. 평소보다 짠가? 단가? 싱거운가? 뭐가 부족해 남기셨을까? 손님이 식당에 들어와 음식을 먹고 나가는 과정 전체를 찬찬히 살피기도 할 것이다. 어떤 상황에서 손님 표정이 밝아지고, 어떤 메뉴를 먹다가 낯빛이 약간 어두워졌으며, 또 어떤 반찬을 먹고 입술

끝자락이 살짝 올라갔는지 살피면서 음식의 맛과 서비스를 개선한다.

하지만 편의점 점주는 다르다. 자기가 만든 음식이 아니기 때문에 굳이 그럴 필요까진 없다. 편의점 주인장에게 "여긴 삼각김밥 맛이 왜 이래요?" 하고 따질 손님이 얼마나 있겠나. 그게 편의점 점주로서 좋은 점이자 나쁜 점이다. 하지만 손님이 맛과 품질에 불만을 갖는 상품 종류가 늘어날수록 점포에 대한 인식이 나빠지고, 결국 손님은 다른 브랜드 편의점을 찾게 된다. 그 편의점 말고 갈 곳이 없다면 모르겠지만, 가까운 곳에 선택의 기회가 다양하게 펼쳐져 있다면 더욱 그렇다.

봉달호 씨가 독립형 편의점을 운영할 때, 일과를 마치고 휴지통을 비우다 보면 버려진 삼각김밥이 여럿 보였다. 그럴 때마다 무슨 생각을 했을까?

"죄짓는 기분이었죠. 아까운 음식을 버리는 거니까 먼저 음식에 죄짓는 일이고, 손님에게 죄송하고…. 자책감이 들었어요. 물론 제가 만든 삼각김밥은 아니지만, 제가 떼어와 파는 것이잖아요. 두려운 생각도 들었습니다. 우리 편의점은 회사 건물 지하에 있어 고정된 손님들이 주로 찾기 때문에 더 잘해야 한달까. '이런 데서 장사하니 아무렇게나 하네.'라고 생각하실까 봐 두려웠습니다." 봉달호 씨의 말이다. 그래, 오늘은 내가 '삼각김밥 리포터'가 되어 봉달호 씨를 인터뷰해야겠다.

그런 이유로 봉달호 씨는 3년간 운영하던 독립형 편의점을 대형 프랜차이즈 편의점으로 바꿨다. 점주로서, 이른바 '편의점 갈아타기'를 한 것이다. 삼각김밥, 도시락, 샌드위치, 햄버거 등 편의점의 '얼굴'이라 할 수 있는 간편식에 있어 대기업과 중소기업의 차이는 점차 넘사벽 수준이 되어가고 있었다. 슬프게도.

"차이는 갈수록 벌어졌어요. 하루에 겨우 삼각김밥 수천 개를 생산하는 기업과 하루에 수십만 개 상품을 만드는 기업이 맛과 퀄리티, 그리고 가격에 있어 같을 수는 없잖아요. 끝까지 독립형 편의점으로 어떻게든 버텨보려 했는데 손님들 표정을 보면 어쩔 수 없더군요. 결국 프랜차이즈 편의점으로 간판을 바꿨습니다."

지독한 희생이라도 한 선각자처럼 봉달호 씨는 짐짓 숭고한 표정으로 말을 이었다.

"전환한 이후로는 휴지통에서 삼각김밥을 발견하는 경우는 거의 없어졌습니다. 경쟁 브랜드에서 인기 있는 신상품이 나오면 그런 것에만 약간 관심을 기울이는 정도죠."

이제 편의점 10년 차 점주가 되었지만 여전히 봉달호 씨의 하루 세끼 주식은 폐기 식품이다.

"폐기 식품을 먹으면서 그런 생각을 해요. 이 상품은 왜 인기가 없는 걸까? 왜 폐기가 발생한 걸까? 편의점을 운영하며 느낀 건데, 특히 신상품의 경우에는 맛도 중요하지만 이름과 포장도 굉장히 중요해요. 똑같은 상품을 이름과 포장만 바꿔 출시했을 뿐인데 잘 팔리는 경우를 여러 번 봤거든요. 이름이 톡톡 튀어야 하고, 포장 자체가 먹음직스러워야 하고, 또 진열 방식이 간편해 진열대에서 쉽게 눈에 띌 수 있어야 합니다."

봉달호 씨는 전문가의 포스가 느껴지는 목소리로 말했다. 이럴 땐 좀 멋진걸.

"그러고 보면 삼각김밥은 꽤나 정직한 상품이

에요."

"왜요?" 삼각김밥 리포터의 질문에 그는 냉장 진열대 쪽으로 천천히 시선을 옮기면서 설명한다.

"삼각김밥은 모양, 크기, 포장 방식이 거의 똑같잖아요. 그래서 '외모' 때문에 손님의 선택을 받지 못했다고 변명할 수 없는 상품이에요. 오로지 맛과 이름으로 승부하는 식품이죠. 편의점 매출이 줄어들면 그에 반비례해 삼각김밥 폐기 처분량이 늘어납니다. 그래서 편의점 점주 입장에서 삼각김밥은 점포의 매출 변화를 고스란히 보여주는 상품이기도 합니다. 정직한 상품이지요."

"아하." 리포터는 고개를 끄덕인다.

"옛날에 광부들이 탄광에 갈 때 카나리아를 조롱에 넣어 함께 들어갔다고 하잖아요. 일산화탄소나 메탄가스에 취약한 카나리아가 울음을 멈추면 위험 신호라고 판단해 얼른 탄광을 빠져나왔다고 합니다. 잠수함 속 토끼도 그런 역할을 하지요. 편의점의 삼각김밥도 그렇습니다. 삼각김밥 폐기 처분량이 늘어나면, 편의점 점주로서는 일종의 위험 신호로 받아들이게 됩니다."

삼각김밥이 카나리아라니, 삼각김밥이 토끼라니, 이건 너무 나갔다. 하여간 봉달호 씨는 유식한 척하려다 오버하는 경향이 종종 있다. 아무튼 그가 하려는 말이 무슨 뜻인지는 알겠다. 삼각김밥은 정직하다. 편의점 매출의 바로미터 역할을 한다.

* * *

그런데 손님 입장에서 의문스러운 지점이 있다. 언제 가든 삼각김밥이 가득한 편의점이 있고, 언제 가든 삼각김밥 진열대가 휑한 편의점이 있다. 도대체 이유가 뭘까? 어디서 그런 차이가 발생하는 걸까? 왜 '내가 가는' 편의점에만 삼각김밥이 없는 걸까?

장사가 잘되니 점주가 폐기를 두려워하지 않고 과감히 발주해 진열대를 꽉꽉 채워놓는 편의점이 있고, 장사가 안 되니 폐기라도 줄여보려고 발주에 소극적인 편의점이 있다. 그 차이다. 발주를 과감하게 하니까 장사가 잘되는 걸까, 장사가 잘되니까 발주를 과감하게 하는 걸까? '닭이 먼저냐, 달걀이 먼저

냐' 같은 오래된 논쟁거리지만, 어쨌든 장사와 발주
는 애매한 상관관계를 갖는다.

"발주 그거, 과감하게 하면 안 되나요? 삼각김
밥을 가득가득 쌓아두면 잘 팔리지 않을까요?" 하고
시니컬한 목소리로 묻는 분들이 계시는데, 봉달호
씨는 이렇게 답하더라.

"장사를 직접 해보시면 압니다. 허허허."

프랜차이즈 편의점에는 대부분 '폐기 지원금'이
라는 제도가 있다. 삼각김밥이나 도시락 같은 간편
식품에서 폐기가 발생하면 편의점 본사가 비용의 일
부를 점주에게 보상(?)해주는 제도다. "우리가 지원
해줄 테니 두려워 말고 발주하세요. 진열대를 꽉꽉
채우시란 말이에요!" 하고 유혹하는 성격의 지원금
이다. 그럼에도 장사가 안 되는 편의점은 발주에 소
극적일 수밖에 없다. 지원금이 손실 비용보다 크지
않고, 폐기 식품을 먹거나 처리하는 것도 지쳐서 차
라리 발주하지 않는 것이다. 그런 악순환의 경험을
거쳐 오늘도 어떤 편의점에는 삼각김밥 진열대가 썰
렁하게 유지된다. 쏠쏠한 일이로군요. 편의점 점주

에게나, 삼각김밥에게나, 삼각김밥을 사러 온 당신
에게나.

지구인이니까, 따뜻하게

편의점에서 버려지는 삼각김밥은 얼마나 될까?

버려지는 수량을 정확히 파악할 방법은 없지만 (편의점 회사들은 이 수치를 공개하길 꺼린다. 이유는 각자 상상에….) 아마 생산량의 10% 정도 아닐까 싶다. 봉달호 씨네 편의점에서 버리는 삼각김밥이 그 정도 비율쯤 된다. 스무 개 가운데 두 개쯤 버린다. 프랜차이즈 본사에서는 15%까지 폐기가 발생해도 괜찮다고 자꾸 부추기지만, 소심한 봉달호 씨는 10% 폐기 처분량을 유지하기 위해 노력한다. 버리는 일도 가슴 아프다면서.

여기서 잠깐 언급하자면, 장사하는 입장에서 폐기가 아예 발생하지 않는 것도 결코 좋은 일은 아니라고 한다. 삼각김밥을 사러 왔다가 상품이 없어 그냥 돌아간 손님도 있을 테니까. 그런 것을 업계에서는 '기회 로스(loss)'라고 부른다. 기회 로스는 우리 생활에도 많이 생긴다. 당신이 오늘 외출을 하지 않아 좋은 사람을 만날 기회를 놓친 것도 기회 로스입니다.

그럼 편의점 업계 전체에서 한 해에 버리는 삼

각김밥의 '양'은 대체 얼마나 될까? 먼저 생산량을 알아야 할 텐데, 이것도 편의점 회사에서 정확히 공개하지 않는다. 삼각김밥과 줄김밥, 도시락까지 포함해 공개하거나 유리한 부분만 선별해 발표하기 때문에 삼각김밥만의 정확한 수량을 파악하기 어렵다.

이른바 '양대 메이저'라고 부르는 GS25와 CU의 삼각김밥 생산량이 각각 1억 5,000만 개 정도라고 한다(2021년 기준). 다른 브랜드를 다 합치면 한 해에 대략 4억 개 정도가 생산된다. 앞에서 삼각김밥 하나의 무게는 120g이라고 했으니, 한 해 5만t 정도 삼각김밥이 생산되는 것이다. (이거, 무슨 리포트 작성하는 기분!) 어쨌든 소심하게 추정해 삼각김밥 폐기율이 10%라면, 매년 5만t 생산량 가운데 5,000t 정도가 버려지는 것이다.

쌀 5,000t은 어느 정도일까? 햇반 하나, 즉 밥한 공기가 200g이라고 했으니까 2,500만 명이 한 번에 식사할 수 있는 분량에 해당한다. 우리는 매년 2,500만 그릇의 공깃밥을 삼각김밥으로 버리고 있는 셈이다.

물론 버리는 것만 생각해선 안 된다. 버리는 것

보다 훨씬 많은 분량을 '소비'하고 있다. 그러니까 우리 삼각김밥은 남는다고 걱정하는 국내 쌀을 소비하는 데 혁혁한 공로를 세우고 있는 것이다, 라는 자화자찬의 결론을 내린다.

"아무리 그렇더라도 지구촌 어딘가에는 굶주리는 아이들이 있는데…."라고 걱정하는 목소리가 들린다. 지구인다운 따뜻한 마음씨다. 지구의 삼각김밥으로서 나도 그렇게 생각한다. 삼각김밥뿐 아니라 다른 먹거리도 마찬가지다. 아까운 음식을 자꾸 버려도 괜찮은 걸까? 폐기를 획기적으로 줄일 수 있는 방법, 뭐 없을까?

"폐기가 임박한 시점에 할인 행사를 해서 폐기 처분량을 줄이면 되지 않나요?"

이렇게 묻는 독자들이 있을 것이다.

실제로 봉달호 씨네 편의점에 편의점 폐기 임박 상품 현황을 알려주는 스마트폰 앱을 개발하겠다고 찾아온 벤처창업동아리 회원들이 있었다. 그들은 봉달호 씨의 설명을 듣고는 시무룩한 표정이 되어 돌아갔다.

편의점 프랜차이즈 본사에서 그런 앱을 개발하지 않은 이유가 있다. 그렇게 되면 폐기 임박 시간이 되어서야 할인을 목적으로 손님이 몰린다. 안 팔려서 버리는 것보단 낫지 않나 싶겠지만, 전반적으로 보아 편의점 수익성에 그리 좋지 않다. 과거에 몇몇 프랜차이즈가 그런 할인 이벤트를 실시한 적이 있는데, 얼마 못 가 중단하고 말았다. '마트'와 '편의점'은 다르다. 박리다매식으로라도 털어내야 하는 업종이 있고, 차라리 폐기가 나도 정가에 파는 것이 나은 업종이 있다.

"폐기 상품을 가난한 이웃들에게 나눠주는 것은 어떨까요?"

의도는 따뜻하지만, 멀쩡한 상품을 드려도 부족할 판에 유통기한 지난 상품을 소외된 이웃들에게 드린다니, 받는 분들의 심정은 어떨까? 복지 인권 측면에 맞지 않는 것 같다. 게다가 유통과정에서 상품이 변질될 가능성 또한 있다.

편의점에 찾아와 "혹시 폐기 삼각김밥 있나요?"라고 묻는 분들이 간혹 계신다. 그럴 때마다 봉달호 씨의 마음은 짠해진다. 얼마나 어렵게 꺼낸 부탁이

겠는가. 그럼에도 섣불리 폐기 식품을 건넬 수 없는 이유가 있다. 혹시라도 식품안전사고가 발생하면 그 책임은 누가 질 것인가. 책임 문제뿐만이 아니다. 책임보다 중요한 건 건강이지 않은가. 상대는 절박한 표정으로 "그거라도…." 하며 손을 내밀지만, 차마 그렇게 할 수 없는 문제가 정말 많다. 그래서 아주 친한 사이가 아니라면, 편의점 알바생이나 가족이 아니라면 폐기 식품을 선뜻 건네지 않는다.

이쪽은 남아돌아 버리고, 혹은 맛없다고 버리고, 저쪽은 없어 못 먹는, 이런 모순은 언제쯤 해결될까? 삼각김밥으로서 지구인들에게 촉구합니다. 지구인이여, 좀 더 지구적으로 살아갑시다. 삼각김밥도 이런 애틋한 고민을 하는데, 오늘도 봉달호 씨는 폐기 삼각김밥을 음식물 쓰레기통에 버리고 있다. 에잇, 냉정한 양반.

● 2021년 7월부터 GS25가 새로운 서비스를 시작했습니다. 안 팔려서 남은 삼각김밥과 도시락 등을 중고거래 플랫폼 '당근마켓'에 내놓을 수 있도록

업무 협약을 맺은 것입니다. 신박하군요. CU와 세븐일레븐도 비슷한 서비스를 시작했습니다. 지구인다워지네요!

여성 중심 삼각김밥

나는 벌 받았다. 음식 함부로 버리면 안 된다고, 그러다 벌 받는다고 봉달호 씨에게 대들었다가 벌 받았다. 편의점 상품이 점주에게 어떤 벌을 받겠나. 아주 안 좋은 위치에 진열되는 것뿐이다. 이른바 '유배'라고 할까. 쇼케이스에서 가장 좋은 자리에 있다가 오른쪽 끝으로 유배되었다. 지금 나는 구석진 곳에 있다.

상품은 진열 위치에 상당한 영향을 받는다. 편의점은 물론 마트, 과일가게, 옷가게, 서점, 빵집 모두 그렇다. 한동안 안 팔리던 상품을 진열 위치만 살짝 바꿨는데 팔리는 경우가 많다. 그러니까 품질이 아니라 '위치'가 문제였던 거다. 항상 그렇다는 말은 아니지만 그런 경우를 볼 때마다 팔려 가는 친구에게 "축하해!" 하고 손 흔들어주면서도 속으로 구시렁거린다.

'역시 세상은 줄이야, 줄! 줄을 잘 서야 해.'

그런데 사실, 자랑 하나 하자면 삼각김밥은 줄이나 위치에 그리 연연하지 않는다. 편의점에 들어왔다가 우연히 삼각김밥을 발견하고 '오늘은 삼각김밥을 먹어야겠군!' 뒤늦게 결정하는 손님은 많지 않다. 대체로 편의점에 들어오기 전부터 삼각김밥을 먹겠다 작심하고 찾아온다. 그래서 나는 어디에 어떻게 진열되어 있든 기본적으로 잘 팔린다. 그런 상품을 목적구매 상품이라고 한다. (반대말은? 충동구매 상품! 당신이 잘 하는….)

목적구매 상품은 목적이 분명하다는 이유로 점주에게 소외되기도 한다. 어느 곳에 있어도 어차피 팔릴 거니까, '골든존'에서 살짝 떨어진 자리에 배치해도 여전히 팔린다고 생각한다. 삼각김밥은 그런 대표적 상품이다.

목적구매 상품이라는 이유로 삼각김밥은 광고도 하지 않는다. 삼각김밥 광고를 본 적 있는가? 삼각김밥을 광고하게 되면 '○○편의점 삼각김밥' 광고가 아니라 그냥 '삼각김밥 광고'가 되어버린다. 편의점 본사 입장에서는 굳이 그런 광고를 할 이유가 없다. 특정 편의점 삼각김밥을 먹겠다고 굳이 그 편의점을 찾아갈 손님은 많지 않기 때문이다. 그래서 광고를 한다 하더라도 TV 광고처럼 비싼 광고는 하지 않는다.

"어라? 나는 삼각김밥 CF를 봤는데?"

아주아주 오래전, 2001년에 한국 세븐일레븐에서 삼각김밥 TV 광고를 했던 적이 있다. 우리나라에 삼각김밥이 널리 알려지지 않았을 때니 광고가 필요하다고 판단했던 것 같다. 모델이 삼각김밥 비닐 포장지를 입으로 터프하게 뜯어 자전거를 타면서 신세대답게 먹던, 굉장히 프로그레시브하고 인터랙티브하며 프레시한 광고였다. (유튜브에 있으니 찾아보시도록.) 그나저나 그 광고를 기억하는 당신은 대체….

편의점마다 다르긴 하지만 삼각김밥은 대체로 눈높이 약간 아래에 진열한다. 참치마요인지 전주비빔인지 소고기고추장인지 상품 이름 정도만 확인할 수 있는 높이에 둔다.

그런데 여기서 조금 뜬금없는 질문 하나. 편의점엔 남자 손님이 많을까, 여자 손님이 많을까?

이것도 편의점마다 다르지만 대체로 남자 손님이 많다. 담배 때문이다. 편의점 매출의 절반가량이 담배에서 발생하는데, 남성 흡연자의 비율이 더 높아 자연스레 편의점엔 남자 손님이 많다. 그래서 편의점은 담배 사러 왔다가 이것도 사볼까 저것도 괜찮네 하면서 충동구매를 하는 남자 손님 위주로 상품을 구성했었다. 초기에, 초기에 그랬다는 말이다. 하지만 점차 다양한 먹거리를 추구하는 손님 위주로 상품 구색을 다변화했고, 지금도 그런 노력을 계속하는 중이다.

자, 그렇다면 삼각김밥을 찾는 손님은 남성이 많을까, 여성이 많을까? 편의점 멤버십 데이터를 기반으로 분석해보면, 대체로 여성 손님이 삼각김밥을 더 많이 찾는 것으로 편의점 업계는 파악하고 있다. 대략 7~8% 차이로 여성의 구매 비율이 높다고 한다. 왜 그럴까?

그 이유를 설명하려면 또 다른 질문을 추가해야 한다. 편의점 '도시락'을 구입하는 손님은 남성이 많을까, 여성이 많을까? 도시락은 남성 손님이 더 많이 찾는다. 여기서 삼각김밥과 도시락의 차이가 드러난다. 공깃밥 절반 정도 양으로 부담스럽지 않고 간편하게 먹을 수 있는 삼각김밥, 테이블 위에 펼쳐놓고 거창하게(?) 먹어야 하고 양도 많은 도시락. 이 차이에서 편의점 삼각김밥과 도시락 구매 손님의 성별 비율 차이가 생겨난다고 역시 업계에서 파악하고 있다. 그래서 삼각김밥을 개발할 때는 속 재료와 상품명, 트렌드를 주로 여성 위주로, 도시락을 개발할 때는 남성의 취향을 조금 더 고려한다고 살짝 귀띔하더라.

이런 것들 몰라도 잘만 먹고 있는데 뭘 그리 자세히 알려주시나, 하는 목소리가 여기저기서 들린다. 그런 툴툴거림을 뒤로하고 TMI를 쏟아내자면, 삼각김밥이 목적구매 상품인 탓도 있지만 이처럼 여성이 많이 찾는 (연령별로 따져보면 청소년이 많이 찾는) 상품이기 때문에, 삼각김밥은 평균적인 남성 눈높이보다는 약간 아래, 여성 친화적(?)으로 진열해놓는다. 그러니 여성들이여, 삼각김밥을 더욱 사랑할 이유가 마구마구 샘솟지 않으십니까.

* * *

몇 년 전 봉달호 씨는 한국과 일본 편의점을 비교하는 글을 쓰겠다며 취재를 빌미로 몇 차례 일본을 오갔다. 하루는 알바들 앞에서 한창 호들갑을 떨더라.

"글쎄 말이지, 기내식으로 삼각김밥이 나왔어, 삼각김밥이!"

마치 몹쓸 일을 경험한 사람마냥 말했다. 편의점 점주인 그에게 굴욕감을 주기 위해 항공사가 일부러 삼각김밥 기내식을 제공했다는 음모론적인 착각까지 늘어놓았지만 항공기 기내식으로 삼각김밥이 등장한 지는 꽤 오래되었다. 비행 중 간식으로 삼각김밥을 선택할 수 있기도 하고, 기내식이 마음에 들지 않아 못 먹겠다는 승객에게 승무원이 다정한 목소리로 묻는 경우도 있다. "손님, 간편한 삼각김밥 어떠십니까?" 요새는 저가형 항공기의 기내식으로 삼각김밥이 자주 등판한다. 얼마나 좋은가! 봉달호 씨는 기겁했지만, 전 세계 항공기 기내식을 모두 삼각김밥으로 바꾸고 싶을 정도다. 나도 '비행기 타는 삼각김밥'이 되고 싶단 말이다!

봉달호 씨의 호들갑은 계속 이어졌다. 비행기 안에서 삼각김밥을 먹을 때 보니, 삼각김밥 포장을 뜯을 줄 몰라 순간 얼음이 되어버린 승객들이 여기저기 많았다고 한다. 슬그머니 주위를 둘러보니 연

세가 지긋한 분이거나 남성, 그리고 외국인이 그러더란다. 쳇, 봉달호 씨 자신도 편의점을 운영하기 전에는 제대로 뜯을 줄 몰랐으면서, 고작 그런 걸로 잘난 척하기는.

2020 도쿄올림픽을 취재하러 간 캐나다 기자가 편의점에서 구입한 삼각김밥 뜯는 법을 몰라 쩔쩔매는 영상이 트위터에서 화제가 됐다. '좋아요'가 순식간에 10만 개 넘게 쏟아졌다. ('좋아요'가 아니라 '재밌어요'에 가까운 마음이었겠지.) 삼각김밥 포장지를 자세히 보면 모서리마다 ①, ②, ③ 숫자가 적혀 있다. 그 순서대로 뜯으면 되는데…. 국경을 넘어, 성별과 연령을 넘어, 장소를 뛰어넘어, 나는 분명 세계인의 삼각김밥이다.

각설하고, 삼각김밥은 두터운 팬층이 있는 김밥이다. 이것 사볼까 저것 사볼까 기웃거리다가 '에라 모르겠다.' 하면서 고르는 상품이 아니라 '삼각김밥이니까!' '그 맛을 아니까!' 찾는 상품이다. 우연히 먹어볼까? 하고 충동적으로 고르는 평범한 먹거리와는 다르단 말이다. 선택부터 달라!

또한 삼각김밥은 당당한 존재다. 비록 진열에 있어 약간 소외되고 있으나 '편의점을 대표하는 상품'이라는 책임감으로 우리는 당당하다. 편의점의 절반은 우리 삼각김밥이 지탱한다는 자부심으로 언제나 의연하다. 밑변에 묵직한 중심을 두고, 천장을 향해 도도히 꼭짓점을 세운다. 어디에 있든, 무엇을 하든, 우리는 자신감으로 빛난다.

봉달호 씨는 나를 냉장 쇼케이스 오른쪽 끝으로 유배 보냈다. 아무리 핍박하고 괄시해도 나는야 빛나는 삼각김밥.

"손님, 저 여기 있어요!"

● 제가 무슨 종류냐고 묻는 독자들이 많습니다. '참치마요'라고 예상하는 분들이 많던데요, 글쎄요….

삼각이 그대와 함께하길!

편의점에는 2,000여 종류의 상품을 판다. 봉달호 씨네 편의점처럼 20평 남짓 평균적인 면적의 편의점이 대체로 그렇다. 무려 2,000가지 별의별 상품 가운데 하나의 '기호'로 자신을 표현할 수 있는 상품이 삼각김밥 말고 뭐가 있을까?

무슨 말이냐고? 이런 모양의 기호가 있다.

○

뭐 같은가? "웬 동그라미를 그렸어요?" 하고 물을 것이다. 동그라미를 보면 무엇이 떠오르는가? 호빵이 생각난다는 사람도 있고, "그냥 동그라미 아니에요?" 하고 되묻는 사람도 있고, 마카롱이 생각난다는 사람도 있다. 동그라미를 검정으로 채워도 똑같다.

●

역시 마카롱이 생각난다는 사람이 있고(마카롱주의자!), 구운 달걀이 떠오른다는 사람도 있으며('탄' 달걀 아닌가?), 갑자기 초콜릿이 먹고 싶다는 사람도 있을 것이다. 그런데 이렇게 그리면?

▲

무엇이 생각나시는지? 편의점 상품 가운데 무

엇이 떠오르시는지? 십중팔구 "정답! 삼각김밥!"을 외칠 것이다. 굳이 '편의점에 있는 상품'이라는 단서를 달지 않더라도 ▲를 보면 삼각김밥이 연상된다는 사람이 많다. 물론 ▲를 빨간색으로 그려놓으면 주가 상승이 떠오르고, ▼를 파란색으로 그리면 주가 하락이 떠올라 우울해진다는, 이제 막 주식에 눈뜬 '주린이' 여러분도 계시겠지만. (요즘 봉달호 씨가 그렇다.)

나는 그런 존재다. '쉽게 기호화하여 전달할 수 있는 어떤 것'을 종교의 조건 가운데 하나라고 한다면, 삼각김밥이야말로 종교화하기 딱 좋은 대상 아닌가. 그리하여 삼각, 삼각, 삼각을 믿어라. 믿는 자에게 언제나 가성비와 포만감이 함께할지니.

별 재미도 없는 이야기는 접어두고, 어쨌든 삼각김밥은 신성하다. 그렇게 우겨보련다. 그런데 이렇게 숭고한 삼각김밥을 막 대하는 사람들이 있다. 어린이 여러분! 편의점에서 삼각김밥 고를 때, 조몰락거리지 좀 마세요. 저는 찰흙이 아니랍니다. 사지도 않을 거면서 모양이 신기한지 자꾸 만져보는 아이들이 많다. "준수야, 이거 봐봐. 이 삼각김밥은 두 개가 붙어 있다!" 하면서 자기들끼리 이것 만졌다 저것 만졌다 한참 웅성거리며 삼각김밥 전신을 골고루 마시지해준다. 얘들아, 고, 고, 고마워. 으이구, 귀, 귀, 귀여운 녀석들.

　　어른들은 조몰락거리지는 않지만 이것 들었다 저것 들었다 한참 망설이는 분들이 많다. 그거야 선택을 위한 신중함으로 이해한다. 그런데 집어 들었다가 제자리에 갖다놓으면 좋으련만 가끔 엉뚱한 곳에 놓는다. 햄버거나 과일주스 옆으로 귀양 보낸다. 혹은 곤장 맞으라는 듯 눕혀놓는다. 그렇게 신중하게 삼각김밥을 고르고 골라 편의점 시식대에 앉아 컵라면+삼각김밥 조합으로 혼자만의 시간을 갖는다. 아, 흐뭇해, 고요해, 아늑해.

　　이참에 말하자면, 컵라면에 물을 붓고 전자레인지에 돌려 드시는 분이 꽤 있다. 좋다. 그것도 개인의 취향이겠지. (컵라면을 전자레인지에 돌리면 면발이 푹 익어 좋다나? 봉달호 씨도 그렇게 먹으니 맛있다고 말했다.) 하지만 중요한 걸 모르고 도전하는 분이 꽤 있다. 컵라면을 전자레인지에 돌릴 때는 뚜껑을 완전히 떼고

돌려야 한다. 일반적인 컵라면 뚜껑은 알루미늄 성분이 들어 있기 때문에, 전자레인지에 넣으면 파닥파닥 불꽃이 튄다. 쿠킹포일을 전자레인지에 돌리면 안 되는 원리와 똑같다.

컵라면을 뚜껑째 전자레인지에 돌리면서 이어폰 끼고 유유자적 음악 듣다가 "불이야!" 하는 상황을 여러 번 봤다. 편의점 전자레인지에는 "컵라면은 뚜껑째 돌리지 마세요!"라고 큼지막하게 경고문이 붙어 있는 경우가 많다. 제발, 경고문을 확인하고 삽시다. 우리 모두의 안전과 평안을 위해.

컵라면 뚜껑 위에 삼각김밥까지 올려놓고 전자레인지에 돌리던 손님도 있었다. 정말 대단한 실험정신이 아닐 수 없다. 그리하여 벌어진 참상에 대해서는 자세한 설명은 생략하겠다….

* * *

기회가 닿은 김에 말하자면, '이런 것은 좀 삼가주셨으면' 하는 편의점 에티켓이 있다. 상품을 집어던지듯 계산대 위에 올려놓는 분들이 있다. 그냥 자연스럽게 놓으면 될 텐데 유독 그러는 손님이 있다. 탁탁 집어던진다. 삼각김밥인 나는 그런 일을 당할 때마다 온몸이 쑤시고 아프다. 비록 1,200원짜리 삼각김밥이지만 나에게도 자존심이 있다. 편의점 근무자 입장에서도 '이 양반이 왜 이러나?' 싶은 심정일 게다. 신용카드나 동전도 그런 식으로 툭툭 던진다. 유독 말이 짧아 "어이, 계산!" 하거나 "담배 하나 줘!" 하는 손님도 있다. 편의점 계산대에 이런 문구를 붙여놓은 점포도 많다.

"지금 마주하고 있는 직원은 고객님의 소중한 가족일 수 있습니다."

비록 만 원도 되지 않는 시급을 받는 알바생이지만 그들도 집에 가면 누군가의 귀한 아들, 귀한 딸이고, 존경받는 부모다. 생명 가운데 존중받지 않아도 되는 존재가 어디 있을까.

라면으로 갔다, 에티켓으로 갔다, 다시 삼각김밥으로 삼각삼각 이야기를 이어가자면… 사실 검정색 세모 모양만 삼각김밥이라고 고집할 수는 없다. 약간 갈색 빛깔을 띠는 삼각김밥도 있답니다. 일본에서 '야키 오니기리'라고 부르는 음식이죠. 아직 한국에는 없습니다.

자, 만들어봅시다. 어렵지 않아요. 말 그대로 삼각김밥을 구운 것입니다. 삼각김밥에서 김을 제거하고, 프라이팬에 간장 약간 두르고 약한 불에 구우면 끝. "이게 요리야?" 싶겠지만 요리다. 취향에 따라 버터를 추가해도 좋다. 밥을 구웠으니 구수한 누룽지 맛이 나지요.

집에서 쉽게 조리하고 싶다면 ①'간장+버터' 물을 만든다. (버터 대신 참기름이나 마가린을 써도 괜찮다. 비율은 자기 마음대로.) ②김을 떼어낸 삼각김밥에 ①을 바른다. ③에어프라이어에 180℃에서 15분 정도 돌린다. 참 쉽쥬? 에어프라이어마다 성능이 다르니 몇 번 시행착오를 겪다 보면 자신만의 온도와 시간을 찾게 될 것이다. 맥주 안주로 좋고, 아이들도 좋아한다더라. 굽는 시간에 따라 바삭함과 구수함이 다르다. 이럴 때 사용하는 삼각김밥으로는 소고기고추장이 제격이고 참치마요도 괜찮다.

이런 '구운 삼각김밥'이 편의점에 출시되었으면 좋겠다고 오래전부터 생각했는데 한국에는 아직 소식이 없다. 무슨 이유가 있겠지요. (편의점 본사 삼각김밥 MD님, 보고 계시죠?)

아무튼 엄밀히 따지자면 '갈색 세모'도 삼각김밥이다. '검정 세모'도 삼각김밥, '흰 세모'도 삼각김밥이다. 따라서 피부색(?)에 따라 삼각김밥을 차별해서는 안 된다. 그리고 일본에 네모난 오니기리가 있고, 우리나라에 줄김밥 형님들도 계시니 모양에 따라 차별해서도 안 된다. 나는 이토록 하해와 같은 배려심과 다정한 '김밥애(愛)'를 지녔는데 인간 세상은 왜 그리 혐오와 차별로 시끄러운지 모르겠다.

삼각, 삼각, 삼각을 믿어라. 믿는 자에게 용서와 화해, 사랑이 함께할지니. 어느 소설가의 말처럼 믿음이 지혜에서 비롯되는 것이 아니라, 믿음으로써 우리는 비로소 지혜로워진다.

● 영화 〈스타워즈〉에서 제다이들은 서로 이렇게 행운을 빌어준다. "포스가 당신과 함께하길(May the force be with you)!" 이것도 바꾸어야겠다.

"삼각이 그대와 함께하길(May the triangle be with you)!"

맛과 가성비, 포만감, 용서와 화해, 사랑, 지덕
체… 모든 것을 다 갖춘 삼각김밥. 경배하라!

가끔 세모가 당신을 속일지라도

오늘도 삼각삼각한 하루가 시작됐다.

24시간 365일 문을 닫지 않고 뱅글뱅글 돌아가는 편의점에 무슨 '시작점'이 있을까 싶겠지만 굳이 편의점의 시작을 꼽자면 오전 6시가 아닐까 싶다. 편의점 야간 알바가 오후 10시쯤 출근해 밤샘 근무하고 오전 근무자와 교대하는 시간이 보통 오전 6~8시. 24시간 영업을 하지 않는 봉달호 씨네 편의점은 문을 여는 시간이기도 하다.

24시 가운데 오전 6시는 첫 번째 꼭짓점이다. 밤새 일하는 직업을 가진 손님들이 퇴근하고 찾아와 퀭한 눈을 비비며 컵라면 위에 삼각김밥 올려놓고, 나무젓가락을 톡톡 두드리며 3분을 기다린다. 청량한 새벽 공기와 함께 와삭, 삼각김밥을 베어 무는 경쾌한 소리가 편의점 계산대까지 들린다.

오전 6시는 부지런한 손님들의 시간이기도 하다. 영어학원 새벽반 수업을 듣기 위해 서두르는 강병모 씨, 아침 회의에 발표할 내용으로 머리가 온통 뒤죽박죽 복잡한 이미선 씨, 청소 마치고 박카스 한 병을 들이켜는 환경미화원 최용희 씨, 무슨 일인지 일찍 등굣길에 나선 고등학생 곽민혁 군 등이 편의점 진열대 사이로 엇갈리며 상품을 고른다.

편의점의 두 번째 꼭짓점은 오후 6시 무렵. 퇴근 길에 담배 사러 들른 오세영 씨, 수학학원 가기 전에 출출한 배를 채우러 온 지훈이, 도경이, 세진이, 귀 갓길에 저녁 대용 먹거리를 탐색하러 온 회사원 민 호영 씨, 놀이터에서 놀다가 엄마에게 붙잡혀 돌아 가는 길에 엄마를 끌고 들어온 찬우, 세아, 명규. 모 두 계산대 앞에 나란히 줄을 선다.

편의점의 세 번째 꼭짓점은 밤 10시 전후. 편의 점 본사가 정신줄을 놓았는지 '맥주 네 캔 8,000원' 파격 행사를 벌이는 바람에, 늦은 귀갓길에도 흐뭇 한 미소 지으며 바구니에 캔 맥주를 그득 담고 치킨 세 조각과 닭꼬치 두 개를 고르는 손님도 있다. 막 학원 수업을 마친 중고등학생들이 몰려오는 시간도 이때다.

그런데 봉달호 씨네 편의점은 야간 영업을 하 지 않기 때문에 오후 10시 꼭짓점은 존재하지 않는 다. 대신 점심 무렵에 2차 꼭짓점이 찾아온다. 이처 럼 시간대는 각각 다르지만, 대체로 편의점은 하루 세 번 꼭짓점을 맞는다. 그곳에서 펼쳐지는 풍경은 어디든 비슷하다. 전자레인지가 삑— 종료를 알리는 소리, 온수기에서 또르륵 물 받는 소리, 띵—동 문을 열고 들어오는 소리, 띵—동 나가는 소리, 끼익— 의자를 끌어당겨 시식대에 앉는 소리, 따락— 나무젓가락 떼는 소리, "포인트 적립하시겠어요?" 묻는 알바의 목소리, "수고하세요."라는 손님의 조용한 응원, 스피커에서 쉴 새 없이 쏟아지는 점내 방송… 소리도, 내음도, 얼굴도, 편의점은 비슷하다. 세상은 삼각삼각하다.

그동안 봉달호 씨를 따라 이런저런 편의점을 돌아다니며 인간 세상 돌아가는 모습을 구경했다. 대기업 건물에 위치한 편의점에도 있었고, 지하철역 입구에 있는 편의점에도 있었고, 어느 연구단지에 있는 편의점에도 잠깐 머물렀었고, 저녁 7시에 문 닫는 관공서 편의점, 그리고 주택가 골목 어귀에 있는 편의점도 경험했다. 멀리 바닷가에 있는 편의점에도 있어봤다.

삼각김밥으로서 인간 세상을 감상하고 나름대로 내린 소박한 결론은 '사람 살아가는 풍경은 어디든 비슷하다'는 것. 대기업 사장님, 법복 입은 판사님, 샐러리맨 용준 씨, 재수생 희선 씨, 여섯 살 희준이…. 직업과 처지는 달라도 누구나 '밥심'으로 산다. 120g짜리, 210g짜리, 혹은 320g 고봉밥을 먹더라도 어쨌든 다 '밥'의 힘으로 사는 것이지 황금이나 이슬을 먹고 살지는 않는다. 부자라고, 높은 자리에 있다고 다를 게 있겠나. 사람은 법 앞에선 평등하지 않을지 몰라도 밥 앞에선 누구나 평등해진다. 나는 그렇게 밥의 평등에 기여하는 작은 삼각형이다.

봉달호 씨네 편의점은 어느 빌딩 지하에서 영업하고 있다. 손님은 대기업과 중견기업 직장인이 섞여 있고, 때로 인턴이나 취업준비생, 현장 체험 나온 학생들도 있다. 누군가는 사원증을 목에 걸고 뚝배기 불고기 먹을까 로제 파스타 먹을까 구내식당 메뉴를 두고 고민하는 사이, 다른 누군가는 참치마요와 전주비빔 사이에서 고민하다 컵라면도 함께 고른다. "손님, 죄송합니다. 카드가 한도 초과네요…."라는 알바생의 조심스러운 목소리가 계산대에서 들릴 때는 마음이 울적해진다.

주택가 편의점에 있을 때는 사연 있는 손님이 많았다. 손수레에 폐지를 가득 싣고 언제나 막걸리를 사러 오던 할아버지 손님이 계셨고, 오후 3~4시면 찾아와 "폐기 삼각김밥 있어요?"라고 묻던 어린 형제도 있었다. 비좁은 시식대에 앉아 김밥과 라면을 먹는 아이들의 다정한 뒷모습을 지켜보다 울컥 눈물이 솟기도 했다. 세상은 할아버지에게, 그리고 아이들에게 무엇을 해줄 수 있을까.

* * *

우리는 세상이 피라미드 같다고 말한다. 피라미드 꼭짓점에 소위 높은 분들이 있고, 밑변에 민초들이 넓게 퍼져 있는 그런 형태 말이다. 살기 좋은 세상은 다이아몬드처럼 중간이 볼록한 구조라고 하는데, 우리네 세상은 갈수록 피라미드 형태가 되어간다. 그것도 최상층만 날카롭게 뾰족한 송곳 같은 모양으로. 삼각형 김밥으로서 꽤 씁쓸한 일이다.

그런 와중에도 세상은 삼각삼각 돌아간다. 가끔 피라미드 같은 세상이 당신을 속여 오늘은 비록 눈물의 참치마요를 삼키고 있을지라도 언젠가 오늘을 웃음으로 추억하는 날이 있을 것이다. "점심에 삼각김밥이나 먹어볼까?" 하면서 기쁜 마음으로 편의점을 찾는 날도 오겠지. 이 꼭짓점 끝나면 저 꼭짓점 뒤따르는 편의점처럼, 당신의 인생도 이 꼭짓점 지나 저 꼭짓점으로, 좋은 내일이 펼쳐질 것이라 기대한다. 그런 희망으로 언제나 의연하시길 응원한다. 나는 언제나 편의점 진열대를 지키고 앉아 눈물짓고 땀 흘리는 당신의 어깨를 바라보며 격려할 것이다. 나에 대한 여러분의 사랑도 변치 않아주시길.

이런, 마지막 인사가 지나치게 묵직하고 거창했군요. 삼각김밥답게 부담 없이 손 흔들며 떠나겠습니다.

"여러분, 안녕. 편의점에서 만나요!"

싸우지 말고 삼각삼각하게 살아가시길. 설령 싸웠더라도 참치마요와 전주비빔을 내밀면서 "뭐 먹을래?" 물으며 화해하시길.
"나는 매죽불(매워 죽어도 불닭볶음)이라니까!"

뾰로통한 투정이 여기까지 들린다.

삼각삼각.

다시, 편의점에서

수리수리 마수리 삼각수리 뿅.

다시 사람으로 돌아왔다.

고등학교 3학년 무렵이었다. 내가 태어난 지방 도시 중심가에 새로운 형태의 '슈퍼'가 등장했다. 지금은 슈퍼마켓이라는 용어 자체가 사라지는 추세지만, 예전엔 술, 담배, 과자, 식료품, 간단한 잡화 따위를 파는, 동네 어귀마다 하나쯤 있는 점포를 '슈퍼'라고 불렀다. 그보다 작으면 구멍가게, 혹은 점빵.

그러던 어느 날 파는 물건은 슈퍼랑 비슷해 보이는데, 조명은 옷가게처럼 환하고 진열은 백화점처럼 깔끔한 신개념 슈퍼가 등장한 것이다.

아무튼 굉장히 환했다. 사회 분위기마저 어두침침한 시절이었으니 그렇게 휘황찬란한 슈퍼는 선뜻 익숙해지지 않았다. "뭔 간판을 저렇게 어지럽게 켜놓는다냐." 친구들과 쑥덕거렸던 기억이 있다. 게다가 24시간 문을 닫지 않고 영업한다나? "오밤중에 누가 슈퍼에 댕긴다고 하루 종일 열어놓는대? 전기세나 나올랑가 모르겠네." 오지랖 넓게도 우리는 남의 인건비와 전기 요금을 걱정했다. 시골 학교로 전학 온 서울깍쟁이 소녀를 힐끔힐끔 훔쳐보는 기분이었달까. 그게 편의점과 우리의 첫 만남이었다.

게다가 계산대 앞에 유니폼 입은 사람이 서 있는 것 아닌가. 당시만 해도 말끔하게 근무복을 차려입고 손님을 맞는 업소는 은행이나 백화점, 고급 레스토랑 정도였다. 혹은 경찰서. "오매, 세상에, 슈퍼 직원이 예쁘게 유니폼을 입고 있어야!" 우리끼리 또 수군거렸다.

편의점은 비쌀 것이라는 선입견이 있었다. 들어가봤더니 진열대에 가지런히 '가격표'가 붙어 있는 것 아닌가. 가격이 싸고 비싸고 여부를 떠나 당시에는 가격표라는 존재 자체가 낯설었다. 옷가게에도 가격표는 흔치 않았고, 흥정하는 대로 가격이 정해졌다. "아따, 100원만 깎아주쇼." 하면서 돼지고기 1,000원어치 사면서 900원만 탁자 위에 올려놓고 나가버리는 우격다짐을 그때는 사람 사는 풍경으로 여겨졌다. 그런 시대에 가격표라니! 차갑고 몰인정한 느낌이었다.

이러니 내가 굉장히 옛날 사람 같다만, 딱 30년 전 풍경이다. 편의점과 우리는 그렇게 만났다. 지금은 전국에 편의점이 5만 개가 넘는다지만, 당시 내가 살던 동네에 들어왔던 편의점은 전국에 50개밖에 되지 않았다. 물론 지금은 배 타고 몇 시간 달려야 닿을 수 있는 남쪽 끝 마라도에도 편의점이 있다만. (울릉도, 백령도, 개성공단에도 편의점이 있습니다.)

그로부터 10년쯤 지났을 때였나. 볼일이 있어 서울에 갔다가 고속버스 막차를 놓쳤다. 새벽 첫차를 타야 하는데 잠깐 여관에 있자니 숙박비가 아까워 결혼하고 서울에 정착한 대학 후배에게 전화했다. 마침 가게에 있으니 거기로 오라 했다. '이런 늦은 시간까지 여는 가게도 있나?' 일러준 대로 택시를 타고 도착해보니 편의점이었다.

후배는 곤히 잠든 아기를 포대기로 업고 계산대 의자에 앉아 종이에 무언가 열심히 쓰고 있었다. 발 아래에 전기 히터가 있었는데, 겨울철 편의점은 그때나 지금이나 쇼케이스 냉기 때문에 시베리아 벌판처럼 추위가 가득하다. 아기가 감기에 걸리지 않을까 걱정됐다. 내 주위에 편의점을 운영하는 사람이 생겼다니. 왕년에 우리 동아리 최고 재간둥이가 편의점 주인장이라니.

생활의 궁색함이 한눈에 들어왔다.

"장사는 잘돼?"

"응, 이래 보여도 잘되는 편이야."

웃을 때 보조개가 깊게 패던 그녀의 예전 미소를 그제야 확인할 수 있었다. 곧이어 남편이 찾아왔고, 아기를 집으로 보낸 후 편의점 계산대를 마주하고 앉아 이야기꽃을 피웠다.

당시만 해도 '주문사항'을 종이에 적어 편의점 본사에 보내 상품을 발주하던 시절이었다. 후배는 발주를 마저 마치겠다며 내용을 적고, 자꾸 에러 메시지가 뜨는 팩스기 덮개를 열었다 닫았다 반복했다. 그러는 와중에도 손님이 계속 들어왔는데, 전산 시스템이 변변찮던 시절이라 금전출납기가 또 말썽을 부렸다. 시린 손을 호호 불어가며 매출 내역을 장부에 적고, 계산기 두드려 거스름돈 내주고… 그런 광경을 옆에서 지켜봤다.

겨울밤은 길었다. 밖은 아직 컴컴한데 첫차 시간이 되어 일어섰더니 "형, 잠깐만. 이거 가져가." 하면서 검정 비닐봉투를 내밀었다. 내가 대학 다니던 시절만 해도 여자 후배가 남자 선배를 '형'이라 부르는 풍습이 남아 있었다. "졸업한 지 몇 년이나 됐는데 여태 형이냐." 조용히 웃었다.

세모난 김밥과 바나나우유, 카스텔라가 들어 있었다. 그날 고속버스 안에서 먹은 삼각김밥이 내 생애 최초로 영접한 삼각김밥이었다. 그제야 정신이 번쩍 들었다. 아이고, 아기 분유 값이라도 계산대에 두고 올걸…. 그때나 지금이나 내가 이토록 사려 깊지 못하다.

그로부터 다시 20여 년 시간이 흘러, 나는 지금 편의점 근무복을 입고 창고에 앉아 이 글을 쓰고 있다. 인생이란 놈, 참 맹랑한 구석이 있다.

— 언능 들어오니라.

내가 편의점을 운영하게 된 것은 이메일 한 통에서 비롯됐다. 아버지는 글에도 사투리가 배어 있었다.

내가 중국에서 사업한다고 깐족거리고 있을 때

였다. 이런저런 일을 벌였다 몇 번 말아먹고 가족과도 떨어져 궁상맞게 살 때인데, 아버지가 서울에 편의점 자리를 봐놓으셨다는 소식을 전했다. 우리 아버지는 평생 식당을 해오신 분이다. 갑자기 웬 편의점? 굉장히 생뚱맞다는 생각이 들었다. 그러거나 말거나 나는 다시 새로운 사업을 벌이기 위해 동분서주하고 있었는데, 아버지께서 자꾸 이메일을 보냈다. 처음엔 명령이었다가, 다음엔 회유였다가, 나중엔 간청이었다. 당신이 식당과 편의점을 동시에 운영하기엔 힘에 부치니 편의점 오픈만 맡고 다시 중국에 가든 말든 마음대로 하라는 내용이었다. 아무튼 결론은 "언능 들어오니라."의 연속이었다.

당시 한국 뉴스를 보니 편의점이 우후죽순 생겨나 점주가 극단적 선택을 하는 등 편의점 관련 이슈가 온통 부정적일 때였다. 방송 화면을 보고 있으려니 아버지 얼굴이 겹쳐 떠올랐다. 불운을 겪더라도 내가 겪어야지. 정말 딱 창업까지만 도와드려야겠다고 생각하고 '언능' 들어갔다. '편의점 그까짓 것, 자리 잡고, 점장 한 명 채용하고, 바깥에서 다른 일 하면서 매출 정산만 하면 되는 거 아니야?' 적잖은 사람들이 편의점에 대해 갖고 있는 오해와 망상을 그 때의 나도 갖고 있었다. 그렇게 서너 달만 챙기고 그만두겠다 생각했던 편의점이 1년, 2년, 5년… 올해로 10년. 나도 벌써 10년 차 점주가 되었다. 아버지께 빌린 임대보증금은 이제 거의 갚아간다. 역시 인생이란 놈, 참 얄궂은 구석이 있다.

그렇다고 내가 지금 편의점 점주라는 사실에 후회나 부끄러움을 갖고 있다는 말은 결코 아니다. 직업에 귀천이 어딨겠나. 뭣처럼 벌어 정승처럼 쓰면 되는 것을. 내 가족과 사랑하는 사람들을 먹여 살리는 원천이 되고 있으니 편의점이라는 삶의 우물에 늘 감사하는 마음으로 살고 있다.

* * *

오늘도 나는 편의점 본사에서 보낸 삼각김밥을 꺼내 냉장 진열대에 올려놓는 일로 하루를 시작하고, 그중 팔리지 않는 녀석 몇 개를 골라 집으로 가져가는 일로 하루를 끝낸다. 그런 입장에서 '삼각김밥 에세이를 써볼까?' 생각했을 때, 처음엔 좀 막막

했다. 일단 "저요, 저요!" 하고 번쩍 손은 들었는데, '뭘 쓰지?' 하는 고민에 빠졌다. 편의점에 있는 음식이라니. 도무지 '지극한 애정'이 샘솟는 대상은 아니지 않은가.

어떤 직업 세계든 그렇지 않을까. 겉으로는 '자랑스러운 나의 직업', 혹은 '즐거운 나의 일터'라고 마치 태어나면서부터 그 직업을 꿈꿨던 사람처럼 말하지만, 정말 애정만 넘칠까? TV에서 그런 인터뷰 장면을 볼 때마다 삐딱한 의문을 갖는다. 물론 그런 분들도 계실 것이다. 많을 것이다. 혹은 어쩌다 갖게 된 직업이라 할지라도 나름대로 긍지와 자부심을 지니고 살아가리라. 그러나 종일 식당 주방에서 돈가스를 튀기는 요리사를 상상해보라. 집에 돌아가면 기름 냄새도 맡기 싫을 것이다. 그런데 집에서 반찬으로 돈가스를 먹는다? 생각만 해도 속이 메스꺼워진다. 그것이 우리 삶의 일부를 구성하는 솔직한 그림자다.

편의점 점주에게 삼각김밥이란 꾸밈없이 그런 존재다. 애증의 대상이다. 나를 먹여 살려주고 있으니 고맙고 기쁘기는 하지만 딱 일터에서만 상대하고 싶은 존재인, 마음속 경계선이 분명한 대상이다. 날카로운 당신은 이 책의 밑바닥에 흐르고 있는 착잡함과 애증의 감정을 진즉 눈치챘을 것이다. '파는 자'와 '사는 자'의 입장은 다르다. '만드는 자'와 '소비하는 자'의 감정과 계산은 다르다. '가끔 한 번'인 자와 '그것이 매일'인 자의 권태로움은 다르다. '즐기고 나서 버리는' 자와 '치우고 정리하는' 자의 고단함은 다를 수밖에 없다. 우리 삶의 많은 부분이 그러한 상대성 가운데 어느 정도 긴장을 유지하고 있지 않을까.

이 책은 어쩌면 기회의 책이다. 당신이 작가가 되어 다시 써주셨으면 하는 책이다. 생각만 해도 즐거움이 가득한 편의점 음식에 대해 당신이 자랑해주시라. '삼각'이라는 말만 들어도 입안에 스르르 군침이 돌고, 삼각김밥을 좋아하다 못해 집에서 직접 만들어 먹기까지 했다는 당신이 배턴을 이어 다시 써야 할 책이다. 파는 자가 아니라 사는 자의 시선에서, 무표정하게 진열하는 자가 아니라 열렬히 즐기는 환희의 손길로, 매일매일 먹고 싶은 간절한 마음을 가진 당신이 다시 썼으면 하는 바람이다. 그러면 나도 영광스러운 독자가 되어드리겠다.

돌아보면 상품으로 거래되는 많은 음식이 그러하지 않을까. 만드는 자의 노고, 파는 자의 열정, 즐기는 자의 기쁨이 함께 어우러지면 좋으련만 서 있는 위치가 다르다 보니 목소리 또한 다를 수밖에 없다. 다만 진솔한 고백을 통해 서로의 마음에 닿을 수 있다면 땀과 열정, 즐거움도 조금은 농밀해지지 않을까. 그런 마음으로 나는 잠시 삼각김밥이 되어보았다. 10년 차 편의점 점주로서 나를 돌아보고 내 업(業)을 생각하는 귀중한 시간이었다. 삼각삼각, 오늘도 편의점의 하루는 흐른다.

20년 전 편의점에서 나를 '형'이라 불렀던 후배는 지금 남편과 함께 귀농했다. 등에 업혀 있던 아이는 장성하여 대학생이 되었다.

— 형, 올해는 감자가 한 보따리여. 보내줄랑게, 어서 주소 찍어!

아침에 카톡이 왔다.

((|)) 016　　　　　삼각김밥

힘들 땐 참치 마요

1판 1쇄 찍음 2022년 2월 24일　　　지은이 봉달호
1판 1쇄 펴냄 2022년 3월 3일

편집 정예슬 김지향 김수연
교정교열 안강휘
디자인 박연미
일러스트 허지영
미술 이미화 김낙훈 한나은
마케팅 정대용 허진호 김채훈 홍수현 이지원 이지혜 이호정
홍보 이시윤 박그림
제작 임지헌 김한수 임수아 권혁진
관리 박경희 김도희 김지현

펴낸이 박상준
펴낸곳 세미콜론
출판등록 1997. 3. 24. (제16-1444호)
06027 서울특별시 강남구 도산대로1길 62
대표전화 515-2000
팩시밀리 515-2007
편집부 517-4263
팩시밀리 515-2329

ISBN
979-11-92107-51-6 03810

세미콜론은 민음사 출판그룹의
만화·예술·라이프스타일 브랜드입니다.
www.semicolon.co.kr

트위터 semicolon_books
인스타그램 semicolon.books
페이스북 SemicolonBooks
유튜브 세미콜론TV